小学館文庫

桜の花守

桜春国の鬼官吏は主上を愛でたい

片瀬由良

小学館

目次

第一話 ◆ 王春《おうしゅん》 —— 鬼と桜 6

第二話 ◆ 初春 —— 桜春国《おうしゅんこく》の白鬼 55

第三話 ◆ 華《か》朝《ちょう》 —— 鳥籠の鬼姫 124

第四話 ◆ 季《き》春《しゅん》 —— 五国会議 217

昼も夜もなく、魑魅魍魎《ちみもうりょう》が跋扈《ばっこ》する時代、
世界の中心に黄山《こうざん》あり、いつしか龍神《りゅうじん》がはじまりの火を灯《とも》した。
やがて天と地がわかたれ、のちに獣あらわれり。
龍神は自分の似姿をつくり鬼とし、獣を人に変えた。
そしてはじまりの火をわけ、人に土地と共に与え、
決して火を絶やさぬようにと命じた。
東の人には木々の実り多き地を、国の名を桜春国《おうしゅんこく》。
南の人には猛《たけ》る山々の恵みの地を、国の名を蓮夏国《れんかこく》。
西の人には揺るぎない鉱脈の地を、国の名を蓉秋国《ようしゅうこく》。
北の人には豊かな水の奔流の地を、国の名を仙冬国《せんとうこく》。
黄山を鬼の侊欖国《こうらんこく》とし、あわせて五国を以《もっ》て世界と成した。

桜春国式部省《しきぶしょう》所蔵『天地開闢録《かいびゃくろく》』より抜粋

第一話　王春《おうしゅん》──鬼と桜

世界は荒廃していた。

少なくとも、少年の目にはそう映っていた。略奪が繰り返され、火を放たれ焼け落ちた村。家々は崩れ、その形を成していない。龍神の気まぐれか、滝のような雨が降り続けて数日経《た》った。水はけの悪い土地には、沼のような水たまりがいくつも残っている。そういった場所を点々と彷徨《さまよ》ってきた。ここに来るまでいくつか立ち寄った村も、流行病《はやりやまい》で滅び、僅かに残った家財や食料が略奪される様を見てきた。

雲のない青空の下、ようやく十三歳になった少年は煤《すす》けた家壁に背を預け、ついに力なく座り込んでいた。比較的温暖な国だが、今は冬。刺すような冷たさの風に吹きさらされながら、もう十日はなにも食べていない。泥水をすってなんとか命を繋《つな》いでいたものの、もういくらもない気がしていた。骨の浮き出た手足は重く、立ち上がることもままならない。意識は途切れがちになり、いよいよ死の国から迎えが来る頃だった。遠くでいくつか馬の足音が聞こえた気がした。まだこの村からなにか奪うつもりなのだろうか。人の声が近づいてくる。村の惨状について話し合う風でもあったが、よく聞き取れなかった。尚《なお》も人の声は近づき、やがて少年の姿を見つけ出した。

「おい、生存者だ！」

「子供がいるぞ！」

馬上からいくつかの声が落ちてきた。うっすらと目を開けると、揃《そろ》いの鎧《よろい》を着た人間の男たちが、取り囲むように立っている。略奪者には見えなかったが、少年にとって希望でもなかった。しかし少年の姿を見るなり、誰かが落胆した調子で口を開いた。

「人ではない。鬼だ……。鬼の子供だ」

少年の額には、二本の角があった。艶もなく、粉が浮く細い角が、確かにあるのだ。途端に男たちの士気が下がる。このまま見ない振りをして、彼らは立ち去るだろう。そして間もなく、自分は死んでいく。少年がぼんやりと確信した時だった。

「なにごとか？」

場違いな子供の声だった。はきはきとした、しかし随分と幼い。男たちの制止を振り切り、馬上から飛び降りたのは新緑色の水干《すいかん》を着た子供だ。一つに結い上げられた黒髪を揺らし、泥で汚れるのも厭《いと》わず駆け寄ってくる。

「おい、しっかりしろ。生きているか？　誰ぞ水を。まともな食べ物もだ」

「お止めください、姫様。これは鬼でございます」

少年の頬《ほお》を叩《たた》く子供を姫と呼んだ男は、眉を顰《ひそ》める。

「だからなんだ。このまま見捨てろと言うのか？　母上がこの場にいても、放ってはおかぬだろう。そうは思わぬか？」

「主上《しゅじょう》の慈悲深さはよく心得ておりますが……これは恍欖国《こうらんこく》の難民でございます。国《くに》境《ざかい》を彷徨う鬼は、喰《く》うにも困りたびたび桜春《おうしゅん》の村々を襲っております。噂《うわさ》によれば、彼らは恍欖の罪人だとか。姫様ともあろうお方が、過ぎた施しかと」

「桜春と恍欖は戦をしているのではない。罪人と決まったわけでもあるまいし、難民を助けてはならぬという法もない。おまえは恍欖の民は見捨て、蓮夏《れんか》の民なら助けるというのか」

「しかし姫様……」

「もうよい！　この鬼は我が桜春国におったのだ。ならば桜春の民である。それと妾《わらわ》が拾ったのだから妾の鬼だ。連れ帰る。命令ぞ！」

「姫様……っ」

やや舌足らずだったが、ぴしゃりと言い放った。

幾人かの男が止めるのも聞かず、少女は水干の袖で鬼の頬を拭う。固くこびりつく土を、懸命に拭き取ろうとするのだ。

「しっかりしろ、鬼よ。死なせはせぬぞ」

虚《うつ》ろに見上げた先に、少女の薄紅色の瞳があった。冬が終わると満開になる、桜の色。もう見ることはないと思っていた花を見つけ、少年は混濁した意識を手放した。

＊

「おや、目が覚めましたか？」

知らない声で目を覚ます。重いまぶたを持ち上げて見えたのは、自分を覗《のぞ》き込《こ》む見知らぬ男。上背があり、体付きもしっかりしている。さっぱりとした袍《ほう》を品良く着こなしているので、貴族だろうか。人好きのする笑顔を見せたあと、彼は火桶《ひおけ》の炭を転がして、音もなく立ち上がる。男の石帯《せきたい》に吊《つ》り下《さ》げてある銀の板が、小さく揺れた。

「起きられますか？　白湯《さゆ》を持ってきましょうね。何度か目を覚まして、水や汁粥《がゆ》を口にしたのを覚えていますか？」

「……覚えてない」

見回しても、桜色の目をした少女の姿はない。では目の前の男は何者なのか。あの時、自分を助けると言った少女を止めた男たちの仲間だろうか。すっかり萎えた体を起こすと、簡素だが立派な帳台《ちょうだい》に寝かされているのがわかった。少年は油断なく男を睨《にら》み付《つ》ける。

「あんたは誰で、ここはどこだ？」

「私は雪晃《せっこう》と申します。桜春国の花守《はなもり》をしています」

「はなもり？　なんだそれ」

「花守をご存じない？　私塾や学舎で学んだことは？」

「ない」

言葉少なに答える少年に、雪晃は白湯の入った腕を差し出してくる。

「ご両親は？」

「知らない。育ててくれた男がいたが、去年病で死んだ。身体に白い文様が浮かんで」

「白文病《はくもんびょう》ですね。国境で流行《はや》っているという」

雪晃は労《いたわ》るように僅かに目を細める。自分を害する気はないのか、それとも優しいふりをしているのか。白湯を受け取るが、口をつけるのを躊躇《ためら》う。人間も大人も、隙を見せればなにもかも奪っていくのだ。

「ここは桜春国の首都である高香京《こうかきょう》。内裏《だいり》の守麗殿《しゅれいでん》ですよ。姫様は春宮御所《とうぐうごしょ》へお連れするつもりのようでしたが、さすがに憚《はばか》られますので……こちらに」

「桜春の首都……？」

「あぁ……一度に言ってもよくわかりませんよね。えぇと……」

「雪晃！　雪晃！」

不意に部屋を仕切る几帳《きちょう》の向こうから、弾んだ声が飛んでくる。間を置かずに几帳をはね除《の》け、沓《くつ》も放り出して少女が飛び込んできた。

「おはようございます、姫様。彼が起きましたよ」

くすりと笑い、雪晃は慣れた様子で几帳を立て直す。少女はこちらを見るなり、ぱっと顔を輝かせた。

「目が覚めたか、鬼よ。三日も寝ていたぞ。林檎《りんご》をもいできたのだ。そら、喰え！」

言うなり、抱えていた林檎を二つも三つも押し付けてくる。漂ってくる果実の香りに呆然《ぼうぜん》としつつ、ちらりと少女を見やった。今日は水干ではなく、蘇芳《すおう》色の袿《うちぎ》姿だったので姫君に見えないこともない。それでも袴《はかま》をたくし上げ、遠慮もなく隣へ腰を下ろしてきた。「お切りしましょうね」と穏やかに告げ、雪晃は林檎を一つ持ち上げる。

少女は走ってきたのか、頬を紅潮させて懐から小さな鏡を取り出した。

「おまえは綺麗《きれい》な白鬼だったのだな。泥にまみれていてわからなかったぞ」

言われて鏡を見ると、新雪の色の髪の鬼がいた。誰かが拭いたのか、すっかり汚れは消え去り、髪を一房つまむとさらさらと指の間を落ちていく。痩せてはいたが、空と同じ色の双眼には生きる光が灯っていた。

「妾は白妙《しろたえ》だ。鬼、おまえの名は？」

「なぁ、しぃ。守麗殿は狭かろう。春宮《とうぐう》御所へくるといいぞ」

「しぃ？」

自分のことだろうか。訝《いぶか》しんで眉根を寄せると、雪晃が切った林檎を持ってやってくる。すすめられて口に運んだ。

「……甘い」

「だろう？　今年の林檎は格別に甘いのだ」

「いつも食べる果実なんて、腐っているか、熟していない硬くて渋い実ばかりだ」

食べ頃の実は、略奪されるのが常だったから。

「……たくさん食べろ。妾のも食べろ」

ぐいと押し付けてくる林檎を、促されるがままに頬張《ほおば》る。

「姫様、樒は花守も知らないようでございます。ゆるゆると教えねばならぬ様子」

「ならば妾に任せよ。毎日毎日勉強ばかりで飽いておった。たまには妾が教えてもよかろう。しぃ、歩けるか？　まだ無理か？　では、しばし待っておれ」

樒の返事も待たず、白妙は飛び出してしまう。見送ることしかできない樒に、雪晃は小さく笑った。

「ああ見えても、桜春の姫君なんですよ」

「樒《しきみ》」

「世の姫とは、ああやって落ち着きなく走り回るものなのか」

「白妙様は少々変わっておいでです。あの様子が姫君の常だと思われては、世の姫君が怒りますね」

少なくとも雪晃や白妙は、自分を害したり虜囚《りょしゅう》にしたりするつもりはないらしい。それだけわかると、槞は林檎を一個たいらげた。白湯より喉を通りやすい気がする。

「しぃ、本を持ってきたぞ。なにを知っていて、なにを知らない？」

慌ただしく戻った白妙が、抱えていた本を床に広げる。細かな文字や不思議な絵が記してあるが、槞は首を振った。

「字が読めないし、なにを知らないかわからない」

「案ずるな。妾も大して読めぬ。ふむ……そうだの……絵があるのがいいな」

楽しげに言って、小さな指で頁《ページ》をたどる。その時、几帳の向こうから大きな怒鳴り声が響いた。

「見つけましたぞ、姫様！　儂《わし》の授業を抜け出して、どこへお逃げかと思えば……っ」

几帳をゆるゆると動かし現れたのは、四十代くらいの藍の袍《ほう》の男。精悍《せいかん》な顔立ちだが、白妙を見つけるなり目をつり上げた。白妙はあわわと、槞の背に身を隠すが。

「姫様！　さぁ、春宮御所へお戻りください。本まで持ち出されて……」

「楼師《ろうし》……今日はここでよかろう？　しぃと一緒に話を聞くから……な？」

「しぃ？」と聞き返し、ようやく少年の姿を認める。なるほど。数日前に拾ったとい
う白鬼のことか。白妙が足繁《あししげ》く守麗殿へと通っていたが、ついに目を覚ましたらしい。

「妾が拾ったのだから、妾の鬼だ。いろいろと教え諭すのも妾の仕事だろう？」

「ほう、例えば？」

「字を教えたり……国の道を教えたり！」

教えられるほど日頃は熱心ではないが、心意気は認めたい。唸《うな》る楼師と白妙を交互
に見やり、雪晃は「では」と微笑《ほほえ》む。

「守麗殿を存分にお使いください。私は主上のお顔を拝見してまいりますよ」

言って、雪晃は部屋を出て行ってしまう。

「よろしい。本日は姫様の復習の日としましょう。さて、儂がお教えしたことをどこ
までご理解なさっておいでかな」

やれやれと床に腰を下ろし、楼師は白い鬼に視線を移す。

「儂は楼。楼師と呼ばれる。王に助言を行い、姫様の尻をたたいて勉強をさせる、公《こう》
傅《ふ》という官吏だ。鬼よ、名は？」

「槝」

「ふむ。木の名だな。一年を通して緑の葉を持つ。春には花が咲くな。香りが強く、

実や花に毒がある」

「なんぞ……縁起が悪いの。あれこれうるさく言うやつもおろう」

言われて、榣は青い目を僅かに伏せる。

「良い意味じゃないのは、なんとなく知ってる。俺を育ててくれた男は、転々と住む場所を変えていた。たぶん、人目を避けてたんだ」

「しぃの親はどうした？」

「知らない。死んだんだろう。物心ついた時にはその男――荷風《かふう》がいた。はじめは鬼の村にいたけど、日照りが続いて干上がった。次の村、次の村と移り住んでいくうちに桜春国の国境に来ていた」

「荷風は？」

「死んだ。去年の夏、病で」

淡々と語る隣で、白妙は少し眉根を寄せた。

「妾はな、視察をしていたのだ。桜春と侊欖の境では、しばしば諍《いさか》いが起こる。国境の村々は貧しい。食べ物も水も少なく、奪い合いが起こるのだ。昨年から病も流行りだした。妾は様子を見に行っていたのだ。そこでしぃを見つけたのだぞ」

「……子供なのに？」

「子供でも、妾は桜春の姫だ。王の娘だからな」

白妙は得意気に林檎を頬張る。しばし見下ろしてから、樒は楼師に視線を向けた。

「こんな子供に、飢えて死ぬ村を見せたのか？」

「儂はお止めしたが、行くと言ってきかなかったのだ。姫様のわがままは誰も止められん。放っておけば、一人でも飛び出してしまわれるからな」

「しぃを拾ったのだから、行ってよかったのだ」

「……鬼は嫌いじゃないのか？　おまえたち人間は、鬼を見ると逃げるか襲ってくる」

「妾は嫌いではないぞ。そもそも、はじめて鬼を見た。本当に角があるのだな」

言って、白妙は手を伸ばす。細く痩せてはいたが、磨き上げたようになめらかで綺麗だと思ったのだ。だが角に触れようとする手を、樒は強くはらった。

「触るな！」

「今のは姫様が悪うございます。鬼は龍神の末裔《まつえい》と言われておりますからな。角は龍の角だとも。鬼にとって誇りなのですよ。気安く触れるのは、侮辱と同じでございます」

楼師はぴしゃりと窘《たしな》める。

「すまぬ……怒ったか？」

「……角には触らないでくれ」

しゅんと項垂《うなだ》れた白妙に、楼師は一つ手を打った。

「さぁ、姫様。日頃の勉強の成果を見せてくださいませ。まずは昔語りから」

「ん……世界の中心に黄山《こうざん》あり、いつしか龍神がはじまりの火を灯した。龍神は、はじまりの火を五つにわけた。桜春国と蓮夏国、蓉秋国《ようしゅうこく》と仙冬国《せんとうこく》。そして黄山を侊欖国とし、この五国を以て世界とした。侊欖は鬼の国だ。しぃは侊欖の民だな」

「うん」

「五国にはそれぞれはじまりの火がある。これを消さないように守るのが王の務めだ。水をかけても消えないが、国難があると消えかける。日照りに飢饉《ききん》、内乱や流行病。他国を侵略するのもだめだ。火が消えぬよう、王は国を治める」

「火が消えるとどうなる？」

「龍神が怒り国を食い荒らすらしい。本当に龍神が現れるのかは知らぬが、火が消えると天災や災異が起こり、妖魔が跋扈するそうだ。そういう古事がいくつもある」

白妙は床の本を拾い上げ、頁をめくる。地図だろうか。

「ここは桜春国。首都の高香京だ。京のまんなかに大内裏《だいだいり》がある。国を動かす官吏が働いている。さらにそのまんなかにあるのが内裏だ。王は清涼殿《せいりようでん》にお住まいで、他の桜族《おうぞく》は春宮御所に住む」

「桜族？」

「妾や母上、桜春の王族のことだ。桜族は女しか生まれん。だから桜春国は代々女王だ。今は妾の母上が女王をしておる。『春王《しゅんおう》』と呼ばれる」

「なら、いつかは白妙が王になるのか？」

「おそらくな。でも、秋に妹が生まれたのだ。もしかしたら凜々《りり》が継ぐかもしれん。いま、妾たちがいるのは、清涼殿の北にある守麗殿。これは花守が住む屋敷だ」

「花守……さっきの雪晃？」

「うむ。花守はな、王の護衛をする。執務の助言、私事の相談や補佐もだ。勉強も剣の腕も優秀な者しかなれんのだ」

樒が首を傾《かし》げる。にこにことしていて、とても剣を振るようには見えなかった。

「ああ見えても強いのだぞ。他にも花守が二人いる。雪晃は桜の花守の筆頭だ。花守で一番えらい。どうだ、楼師。あっているか？」

「ようおできになりました。僕は少し意外でしたがな、鼻が高うございますよ」

白妙は満足そうに笑うと、持っていた本を閉じた。そして樒の手を何度か叩く。

「本当はな、しぃは御所へ連れて行きたかったのだが、皆がだめだと言ってな。仕方なく、守麗殿に置いてもらっておる。春宮御所へ来たかったらいつでも言うのだぞ」

「なりません、姫様。本来なら内裏へ入れるのも憚られるのですぞ」

「そう厳しくせずともよかろう」

「なりません」

白妙は不満らしい。頬を膨らませるが、楼師の言うことが正しいだろう。樒は他国の難民だ。桜族の住居にいていいはずがない。頬を膨らませる白妙を押しやり、楼師に視線を向ける。

「俺はどうなる？」

「とりあえずは養生することだ。侊欖へ戻りたいなら送ろう」

「しぃは妾とここにおるのだ。な？　楼師から字を学ぼう。それと……雪晃から剣も。ここにいれば、学ぶことはたくさんあるぞ」

何故《なぜ》、こんなにも懐かれているのか理解が及ばない。だが、少なくとも捕らえられたり、叩き出されたりする風ではない。どうせ戻る場所もなく、頼る者もいないのだ。

「……しばらく世話になる」

言葉を絞り出すと、白妙は飛び跳ねて喜んだ。その様子に苦笑すると、楼師は顎を撫《な》でる。

「さしあたっては……姫様のお守《も》りをお願いしたいものだ」

「そんなことでいいんなら」

「ふふ、重労働ぞ。儂は助かるがな」

人間も大人も、信用ならないと思っていた。子供と見ると水や食料を奪い、時には暴力で屈服させてくる。世界はどこも同じ様子で、いつかは野垂れ死ぬのだと。しかしどうやら違うらしい。はじめて感じる穏やかな空気に、櫨は無意識に目を細めた。

生きていていいのだと、言われた気がしたから。

＊

「はぁっ！」

守麗殿の庭で、かんと木を打ち付ける音が響く。

櫨が振り上げた木刀は、やすやすと雪晃に弾かれてしまった。続けざまに二度突いてみるも、これもかわされてしまう。何度か切り込んでみるが、雪晃の一振りで木刀は宙を舞った。鋭く打たれた一撃は重く響いて、櫨の手はしびれて震える。

桜春に来て一月《ひとつき》。雪晃から剣の指南を受け始めたが、まるで赤子のように遊ばれるばかりだった。取り落とした木刀を拾い上げていると、雪晃は一つ笑う。

「まだまだ。もっと速く踏み込まないと」

「簡単に言うなよ。雪晃が速すぎるんだ」

冬のただ中だが、櫨の額には汗が浮く。荒い息で、手の中で木刀をもてあそぶ。

「櫨は才がありますよ。今まで剣を触ったことがないなんて、本当ですか？」

「才があるって……雪晃は利き腕も使ってないのに？　嫌味《いやみ》かよ」

「私はこれでも花守ですからね、これくらいできなくては務まりません。でもあなたは、上手に鍛えれば武官にだってなれますよ」

「鬼も桜春の官吏になれる？」

「私が知るかぎり、桜春に鬼の官吏はいませんねぇ。しかし他国の民でも桜春の官吏にはなれますよ」

「でも鬼はいない？」

「いません。鬼はね、誇り高い一族なのですよ。鬼は龍神の末裔ですが、人間は獣が転じた生き物。獣風情がと、人間を侮る鬼は多いのです。わざわざ人間の国に仕えようとは思わないのでしょう」

櫁はその場に座り込む。守麗殿の庭園はよく手入れが行き届いていて、この時期は寒椿《かんつばき》が満開だった。濃い紅色の花に雪が積もると綺麗なのだと雪晃は言うが、桜春にはまだ雪の気配はない。桜春より北にある侊欃なら、今頃は雪景色なのに。

「……俺は桜春の官吏になれると思う？　この先、なにか職が見つかればいいと思うけど、どうせなら官吏もいいかな。高給なんだろ？」

「ははぁ、姫様もおりますしね、放っておけないですよねぇ」

含みのある笑いを浮かべる雪晃を、櫁はちらりと睨《にら》む。

「別にそんなんじゃないけど。あいつは……本当に桜族なのか？　この間なんか、夜中に俺の部屋に飛び込んできたぞ。耳飾りを拾ったから、落とし主をいっしょに探そうって……男の部屋にだぞ？　姫って、そんなのじゃないだろ」

「いや、春王吉乃《よしの》様も、ご幼少の時分は大変なおてんばでしたよ。即位から間もない頃は、私だって振り回されました。榴だって、姫様に付き合って落とし主を探したのでしょう。知っていますよ」

朗らかな言葉に、榴は苦い顔をする。夜半に守麗殿を抜け出し、白妙に付き合ったことはばれていないと思っていた。隙だらけのような顔をして、実に抜け目ない。

「桜春は気候も穏やかで、おおらかな人間が多い。まぁ、豊かとは言い難《がた》いですがまずまず平和です」

「でも、人間は鬼は嫌いだろ。『姫様の拾いもの』だから大目に見てるだけ。俺を避ける官吏は多い。取り合ってくれるのは、雪晃と他の花守と楼師と、あいつくらいだ」

「官吏になる件、もし榴が本気なら私が口添えしますよ。剣の才もあり、楼師の覚えもめでたいそうじゃないですか。稀《まれ》なる人材ですよ。おまけに姫様にも信頼されて。花守に推挙したいくらいです」

「花守に？」

槐は青い目を少し見開いた。雪晃は石帯に吊《つる》した銀の板を持ち上げる。桜と龍神の意匠が彫り込まれてあり、龍の目には蒼玉《そうぎょく》がはめられている。どうやらこの板が、花守という立場を証明するものらしい。

「花守はね、王個人に仕える官吏です。国よりも、王の安寧を優先する。王の憂いを払って王の笑顔の為《ため》に尽くすものです。私は正直、国の行く末などどうでもよろしい。王が穏やかに日々を過ごされていれば、それでいいんです。次の春王を姫様が継がれるのでしたら、姫様のことを真《しん》に思ってくれる者がいい」

「国の平和はどうでもいい？」

「国の安寧と主上の御身、どちらかを選べと言われれば、私は主上を選びます」

「どう違うんだ？　国が平和なら主上も元気だろう」

「いずれわかりますよ。まぁ、槐は姫様には甘い様子ですが」

「……拾ってもらった恩はある。それは返したい。今のところ俺ができるのは、守麗殿の雑用と、あいつのお守りくらいだからな」

「まぁ、花守になるならば、難しい国試に合格して大学寮に入り、優秀な成績で卒業しなくてはなりませんけれどね。相応の努力が必要になりますが、あなたがその気になれば不可能ではない気もしますが……」

「花守は……俺はいいよ。もっと相応《ふさわ》しいやつがいるだろう」

言って、握っていた木刀をふらふらと遊ばせる。白妙が自分に懐くのは、近しい年頃の友達がいないからだと思っている。昨年には父親を亡くし、母は多忙極まりない立場。妹は幼く、乳母が付きっきりで面倒をみている。単純に甘える相手がいないのだ。楼師や雪晃はあくまで師であり、友達ではない。そこに槦が現れた。甘えるという方が無理である。他に同じ年頃の人間が現れれば、途端に自分はお払い箱だろう。

「あんたの話聞いてると、王と花守ってずいぶん近しいんだな。王と官吏なのに」

「家族だと、主上はおっしゃってくれますね」

「やっぱり俺には無理だ。家族なんてわからない」

「守麗殿でいっしょに寝起きして、同じ食事をして、剣や学に励む。私や花守とあなたは、もはや家族だと思いませんか？　恐れ多いですが、私と王が家族なら、姫様だって槦と家族です。そんな風に思ってみませんか？」

「家族だと……思う？」

雪晃は目を細めて頷《うなず》く。

「家族とは帰る場所だと思うんです。何処《どこ》へ行っても、なにがあっても、受け入れてくれる場所。あなたにはそういう場所があるんだと、覚えていてください。守麗殿がそうかもしれないし、姫様かもしれない。あなたが信じれば、そうなる」

「ここが？」

「せっかく助かった命、これから幸せにならなければ。足りないものを、一つ一つ揃えていきましょう。まずは帰る場所、それと家族」

「雪晃が俺の父親にでもなってくれるのか？」

「なりましょう。あなたが望むなら」

本気かふざけているのか、彼は変わらぬ笑顔で答えた。実感も納得もできないまま、榣はふぅんと小さく唸った。

「……よくわからない。俺にはやっぱり……花守は無理だ」

「ゆくゆくわかる日もきますよ」

雪晃は稽古用の木刀をその場に置いて、寒椿の花に目を向ける。瞬間、榣は大きく踏み込んで雪晃に斬りかかってみた。完全に隙を突いたと思ったが、彼は半歩下がって攻撃をかわし、榣の手首を小さく打った。思わず取り落とした木刀を拾い上げると、流れるような所作で榣の首に木刀を突きつける。

「まだまだ」

「くそ……絶対いけると思ったのに」

雪晃から一本取れる日は、かなり遠そうだ。ふてくされて木剣を放り投げた時、「しぃ！」と呼ぶ声が聞こえた。駆けてくる白妙の姿を見つけ、もうそんな時間かと呟《つぶや》く。朝の稽古が終われば楼師の授業だ。決まって白妙が迎えに来る。

「剣の稽古は終わったか？」

「今日も遊ばれてばかりだよ」

「雪晃に教えてもらえるなんて、しぃは運がいいのだぞ？　雪晃は桜春で一番の剣の名手だからな。妾も教えてもらいたいくらいだ」

「お姫様が剣の稽古とか……いよいよ嫁のもらい手がつかなくなるぞ」

「剣を持つ姫でも良い、という男を選ぶのだ」

「いるかよ……」とげんなりと答えた櫁の袖を、白妙は強く引いた。

「しぃ、少し付き合え。母上が火を見に行くと言うのだ。しぃもいっしょに来ていいとおっしゃっておる」

「火……？　はじまりの火か？」

「そうだ。火は内裏の奥の桜廟《さくらびょう》に祀《まつ》られておる。妾も滅多《めった》に見られないのだ」

言うなり、手を引いて歩き出す。思わず雪晃を振り返った。

「俺が行ってもいいのか？」

「主上がよいとおっしゃるなら、よいのですよ。私もごいっしょします」

白妙に急《せ》かされるまま、春宮御所を過ぎて更に奥へ向かう。やがて見えてきたのは、小さな屋敷ほどもある建物だった。赤い漆塗りの柱に、艶のない黒瓦。窓はなく、桜の浮き彫りが細かく施されてあった。桜廟の前には、幾人かの官吏とそれを従える女性が一人。艶《つや》やかな長い黒髪に銀の冠。春王、その人だった。たおやかな視線にぶつかり、思わず樒は足を止める。威圧する風ではなく、柔らかく包み込むような笑顔を前に息を詰めた。すると、雪晃は小さく笑ってその場に片膝を突く。雪晃に倣い、樒も膝を突く。白妙を前に、こんなことはしたことがない。

「あまり堅苦しくしないで。はじめまして。あなたが樒ですね」

穏やかに言って、吉乃は立ち上がるように促す。ゆるゆると立つ樒の手に、吉乃は自分の手を重ねた。

「大変でしたね、樒。もう身体はいいの？」

「はい。雪晃にはよくしてもらっています。あぁ……あと白妙にも」

言ってから『様』を付けるべきだったと、微《かす》かに顔をゆがませる。それでも吉乃は温かく手を握ったまま微笑んだ。

「白妙とも仲良くしてもらっているそうね。ありがとう」

ふと吉乃の手の甲に、奇妙な文様を見た。焼き付けたような桜の文様。まさか刑罰に用いられる入れ墨でもあるまい。樒の視線に気が付き、吉乃は文様をそっと撫でた。

「これは龍神に選ばれた証よ。この模様を持つ桜族が王になるのですよ」

「龍神に？」

問う樒に頷いてから、彼女は白妙を招き寄せた。

「火を見ましょう。白妙もおいでなさい」

「はい、母上!」

廟の扉が重々しく開かれる。香《こう》を焚《た》きしめていたようで、霊陵香《れいりょうこう》の匂いがふわりとあふれ出てきた。吉乃は雪晃を伴い、白妙があとに続く。その場にとどまる官吏を見やってから、橊もその姿を追いかけた。冬のただ中だというのに、廟の内部は春の風が吹いているようだった。流れてくる暖かな風を辿《たど》り奥へと進むと、そこにはじまりの火はあった。黒い漆を塗られた柵のまんなかに、金属の器が鎮座しており、原初の火はその上で燃えている。色は翡翠《ひすい》。まるで命があるかのように、小さくうねり躍っている。

「これが、はじまりの火?」

思わず橊は口にする。大きさは白妙よりも少し小さい。世界を成すものにしては、幾分頼りないようにも思えた。知らず、白妙の手が橊の袖を握る。

「この火は生きているんだそうだ。龍神の化身らしいぞ」

はぁと曖昧に相槌《あいづち》を打つが、吉乃と雪晃は浮かない様子だった。

「色が悪いですね」

ぼそりと呟く雪晃に、吉乃は頷く。

「よくない兆候です。国に難事あり、ということですね」

不安に顔を曇らせる白妙の髪をそっと撫で、吉乃は小さく笑った。
「本来はもっと赤いのですよ。しかし今は、色が褪《あ》せて火も小さい。このまま放って
おけば、消えてしまうでしょう」
吉乃の言葉に背筋が冷たくなった。それはつまりと、榣は吉乃を見上げた。
「桜春が滅びる、ということですか？」
「恐らく、国に蔓延《まんえん》しているという白文病が原因ではないか、と考えています。国境
で流行りはじめ、今では徐々に京に迫る勢いだとか。国中に蔓延する前に、手を打た
なければいけませんね」
吉乃の表情は硬い。榣はいま一つ、得心がいかなかった。
「なぁ、雪晃。白文病が流行ったから、火が消えかけるのか？　それとも、火が小さ
くなったから病が流行るのか？」
「正直、どういう因果かはわかっていないのですよ。まさか、わざと国難を起こして
試してみるわけにもいきませんからね。果たして、国難があるから火が消えるのか、
火が消えるから国難が起こるのか」
「なら、病を治せれば火は戻る？」
「流行病で火が消えかけたという古事があるのです。当時は病に効く薬草が見つかり、
火は持ち直したと伝えられます。今回もそうであることを祈るばかりですね」

初めて聞くくらい、雪晃の声は厳しいものだった。悠長に構えていられる状況ではないのだ。雪晃は小さく頷いてから、吉乃に視線を向ける。

「早急に医師団を招集しましょう。もはや国を挙げて対処するべき問題かと」

「そうですね。国庫を開きましょう。内裏にまで病が及ぶ前に、なんとしても治療法を見つけなくてはなりません」

廟から立ち去ろうとする二人の背中を追いながらも、榁は一度だけ火を振り返る。

「しぃ……？」

「荷風も……俺の面倒見てくれた男も白文病で死んだ。村のやつらもだ。最初は足や手に文様が浮かぶ。その頃から少しずつ手足が震えて、立ち上がれなくなった。やがて身体《からだ》中に文様が出て高熱にうなされる。水も飲めなくなり飢えていくんだ。最後は皆、渇いた喉を掻《か》きむしって死んでいく。俺はもう……そんなの見たくない」

静かに呟いた言葉に、吉乃は振り向いた。

「火を守るということは、民を守るということ。王の責務は必ず果たしますよ」

「妾に、なにかできることはないか？　そうだ。市中におりて視察をしよう。それから薬草を探しに……」

「いけませんよ、白妙。あなたは内裏から出てはなりません」

「だが……っ」

「樒、お願いがあります。白妙をよく見てやって欲しいの。決して内裏の外へ出ぬよう、厳しくても……よく見守ってください」

「わかりました」

「しぃ！」

青い顔で見上げる白妙の頭に、そっと手を乗せる。

「内裏でできることをしよう。楼師に古事を聞いて、いっしょに調べてみよう。助けになるかもしれないだろ」

「……わかった」

渋々と頷く白妙を見やってから、吉乃はもう一度「よろしくお願いね」と、そっと微笑んだ。しかし、それから間もなくだった。樒の左手に、白い文様が現れたのは。

＊

樒には、守麗殿の塗籠《ぬりごめ》が寝室として与えられていた。厚い土壁で区切られ、明かり取りの小さな窓だけがある。かすかに差し込む朝日では薄暗く、見間違いだと思った。右の手首をぐるりと巻くように、白い模様が見えた気がした。しかし、庭園へ出て日の光の下で剣の素振りをしようとすると、蛇の鱗《うろこ》に似た文様がくっきりと見える。

「……荷風と同じ文様」

ひやりと背筋が寒くなる。ここにきて、自分も病に冒されたのか。慌てて布で巻いて、文様を隠した。伝染《うつ》る病であるとか、そうではないとか。櫁がいた村々でも諸説あった。もし伝染するものであるなら、荷風の看病をしていた櫁が病になってもおかしくはない。それにしては時間が経ちすぎている気もするが、元来そういうものなのか。このまま守麗殿——内裏にいては、雪晃や白妙、春王に及ぶだろう。

「それだけは避けないと……」

やはり誰かを頼り、甘えてはいけなかったのだ。一刻も早く、内裏から出なくてはいけない。塗籠に戻り少ない荷物をまとめ、周囲を見渡す。朝日は昇ったばかりで、寝殿《しんでん》花守はまだ寝ているはずだ。このまま誰にも告げずひっそりと桜春を離れよう。寝殿を抜けて、階《きざはし》を下りた。しかし足音を忍ばせたはずだが、鋭い声が櫁の足を止める。

「櫁、剣の稽古にはまだ早いですよ」

振り返ると、気配もなく雪晃が立っていた。いつもはおっとりと構える雪晃も、今ばかりは目が笑っていない。

「やっぱり俺、侊欖へ戻ろうと思う」

「侊欖へ？　今から？」

「ほら、いつまでも桜春に甘えるわけにはいかないだろ。俺はもともと侊欖の鬼なんだから。白妙には適当に言っておいてよ」

涼しい顔で言ったつもりだった。だが雪晃は、布で巻いた樒の手首を指す。

「それは？」

「なんでもないよ。ちょっと痛めただけで……」

言葉が終わらぬうちに、雪晃の手が素早く伸びてきた。強い力で腕を摑《つか》むと、手首に巻いてあった布を取る。

「白い文様……これが白文病の症状ですか」

見られた。雪晃の手を振りほどき、樒は数歩あとずさる。

「俺はここにいるわけにはいかない。あんたにも白妙にも世話になったんだ。白文病で死なせるわけにはいかない」

「伝染する、という確証はないそうですよ」

「確証がないなら、伝染るかもしれないだろう」

「典薬寮《てんやくりょう》の者を呼んできます。あなたは塗籠にいなさい」

強い口調で樒の腕を引き、雪晃は寝殿へ戻る。

「雪晃……！　俺は……！」

「白文病が内裏に及ぶのも、時間の問題だと思っています。数ヶ月前までは国境で多く発症していたようですが、今は市中にまで及んでいる。やがて京に……内裏にもやってくるでしょう」

「俺がもってきたんだ。誰かに伝染する前に放り出せ。それが主上の為だろう⁉」

「主上は白文病を根絶するおつもりです。あなたが侊欖にいようが桜春にいようが、主上のお気持ちは変わらない。どうせなら、顔が見られるように桜春にいなさい」

「俺のせいで誰かが死ぬかもしれない。この病で人が死ぬのは、もう嫌だ……」

「……私だって嫌ですよ。知らないところであなたが死ぬのは」

憂いた様子で語り、彼は榽を塗籠に押しやった。

「典薬寮の者が皆、治療法を探して奔走しています。ここにいて、大人しく治療を受けなさい。それにね、あなたが内裏から出てしまえば、姫様が追いかけるでしょう」

「白妙なら……飛び出しかねないけど」

呟いたあと、木戸を閉められた。次いで外側から閂《かんぬき》をかける音。

「雪晃！　ここを開けろ！」

返事はない。典薬寮へ向かったのだろうか。絶望的な思いで、その場に座り込む。

「誰も来るな……誰も来るな……」

この病は徐々に身体を冒す。立つのもままならなくなり、やがて寝たきりに。文様は身体中にいたり、心の臓を締め上げる。目から涙のように血を流す頃には末期だ。

そして文様は喉に巻き付き、呼吸を奪って死に至らしめる。龍神の呪いだろうか、と言う者もいた。国境で桜春と佻欖の民が争い、それを龍神が怒っているのだと。そんなばかなと、榕は鼻で笑っていた。だが先日、はじまりの火を見たのだ。白妙の言うように、まるで生きているみたいに蠢《うごめ》いていた。僅かな食料を浅ましく奪い合う民を、その炎で呑《の》み込み燃やし尽くすこともできるように。しばらくののち、不意に外の閂を動かす音がする。思わず立ちあがり、榕は声を上げた。

「そこに誰かいるのか？　ここを開けてくれ！」

「しぃ、朝餉《あさげ》はまだなのだろう？　持ってきたぞ」

「白妙!?　開けるな！　絶対に入ってくるな！」

「開けろと言ったり開けるなと言ったり……忙しいやつだな」

ぼそぼそと言ったかと思えば、白妙は閂を外して木戸を開く。

「ほら、喰え。今日は鰯《いわし》だぞ」

白妙が手にした折敷《おしき》には汁と白米、蒸した鰯と煮た椎茸《しいたけ》が載っていた。躊躇《ちゅうちょ》なく榕の前へ置いて、隣に腰を下ろす。

「白妙……。こっちに来るな！」

「雪晃から聞いたぞ。見せてみよ」

怖がる様子も見せず、彼女は榕の腕を取る。そして文様を見つけて撫でるのだ。

「これから典薬寮の者がわんさと来る。苦い薬をいくつも持ってな。朝から晩まで付きっきりだぞ。今のうちに食べておけ」

怖くないのだろうか。白妙の様子はいつもと変わらない。怯《おび》えているのは自分だけだ。恐らく惨状を知っているからだが、一人で慌てふためくのもなにやら滑稽な気がしてきた。諦めて折敷に視線を移し、ゆるゆると口に運ぶ。

「粉の薬と丸薬と……もしかしたら臭い薬草の湯に入らせるかもしれんぞ。妾が熱を出した時は三日三晩、祈禱《きとう》もした。陰陽寮《おんみょうりょう》からも人がくるな」

「俺から離れていろ。頼むから……」

「……母上がなんとかしてくださる。母上なら、病を治せる」

「主上は薬師《くすし》なのか？」

「いや。薬師ではないが……春王だからな」

意味はわからなかったが、白妙はそう信じているのだろうか。それとも王とは、神仙のように神通力があるのか。

「しぃ、どこにも行くなよ。妾の側にいろ。しぃは妾の鬼だからな。どこへ行っても追いかけるぞ。内裏から出ても京から出ても……伉儷へ行くなら伉儷へも。しぃは妾の家族だからな」

「白妙には母親も妹もいるじゃないか」

するとは白妙は、櫁の頬をぎゅうと引っ張る。

「おまえは一向に笑わないな」

「……笑い方なんて忘れた」

「病が治ったらな、雪晃に乗馬を教えてもらおう。共に遠乗りにもでかけるぞ。きっと楽しい。しぃだって笑い方を思い出す。それとな、春になったら桜を見に行くぞ。桜春の自慢の花だ」

榓には目を細めるだけで精一杯だった。とても笑う気にはなれない。そんな日がくるとは、到底思えなかったからだ。

＊

守麗殿へは入れ替わり立ち替わり人がやってきた。聞いたことのない名前の薬を煎じ、身体中に針を打った。汗と共に病魔を追い払うからと、乾いた布で文様の出た箇所を何度もこすする。やがて陰陽寮からも人が来て、この方角は鬼門だから方違《かたたが》えをしろ、今日は物忌《ものい》みだから殿から出るなと言い渡され、挙げ句は目の前で祈禱がはじまった。

たかが他国の鬼一人の為に、だ。榓の治療に光明が見えれば、やがて市中の病も払えるはず、そんな雰囲気だった。そう理解して、榓は彼らの指示に従った。身体が動くうちはと、雪晃から剣の指南は受け続けていたし、楼師も連日守麗殿を訪れてくれた。白妙にいたっては、朝から夕まで榻の側を離れない。最初こそ「あまり近くにくるな」と言い含めていたが、聞く気がないらしい。次第に諦めて、榻も多くは言わなくなった。そうしているうちにも、文様は身体中を這《は》うように増えていく。足から腹部に、胸部を越えて首筋にまで蛇の鱗が現れた。心臓をぎゅうと摑まれたように息が詰まり、僅かに身をかがめる。塗籠で座り込む榻を、白妙が心配そうに覗き込む。

「大丈夫か？　つらいか？　白湯を持ってこよう」

「いい。すぐおさまるから」

何度か大きく息を吸い込み、呼吸を整える。ちらと見やると、白妙の顔色は悪い。

「あまり俺に付き合わなくていいから」

「……部屋へ戻っても、なにも手につかんし、誰の話も耳に入らん」

「主上は？」

「右大臣や左大臣と、毎日協議だ。楼師や雪晃もいっしょにな。お疲れなのは見てわかるが……妾にはなにもできん。しぃの側にいる方が、いい」

文様が首に現れているとはいえ、身体はまだ動いた。足取りはおぼつかないが、歩くことはできる。だが文様が出てから一月、ついに内裏にも本格的に病魔が入り込んできた。最初は大内裏の官吏が。間を置かず一人二人と増えていき、やがて半数にも及んだ。病状の進行は速く、官吏の半分は自室から出られなくなる。八省は機能しなくなり、国の働きがほとんど止まってしまった。内裏も例外ではなく、春宮御所の女房や蔵人頭《くろうどのとう》まで倒れ、次第に閑散としだしたのだ。雪晃以外の花守もすでに臥《ふ》せっている。そしてついには、白妙にまでも文様の手が及んだ。動ける女房は僅かで、主に吉乃についている。静まりかえった春宮御所へと上がり、樒は白妙に絶えず付き添うしかできなかった。樒の行動を制止して、非難する官吏はもう一人もいないのだ。

「熱があるな。林檎を小さく切ったから、食べられるか？」

帳台に横たわる白妙に皮を剝《む》いた林檎を差し出すと、懸命に頰張った。樒の症状は不思議と、ひどくゆっくり進行しているらしい。逆に白妙の病状の進行の速さは異常だった。

「……身体が小さいから、症状が速く進むのかもしれない」

「なら回復するのも速い。明日には歩けるようになろう。しぃは苦しくないか？」

白妙は決して弱音は吐かなかった。つらい顔も見せず、樒の心配をする。

「俺が病魔を持ち込んだ。俺のせいだ」

「そんなわけあるか。誰のせいでもない」

やはりあの時、無理矢理にでも桜春を出るべきではなかったのだろうか。樒の頭は、後悔の念で埋め尽くされていた。しかし今更言ったところで、どうにもならない。樒は奇跡を祈るしかできなかった。内裏に仕える官吏が一人、また一人と減っていき、果てには病死するものが出はじめた。三日で五人、十日で百人。内裏に死の匂いが満ちて、血の気が引いた。もう止まらないだろう。滅んできたいくつもの村のように、内裏の人々も残らず死んでいく。目の前の白妙も、自分だっていつか。そんな折、白妙の顔を見る暇もなかった吉乃が、ようやく姿を現した。疲労の色が濃いが、王は穏やかに微笑んだ。

「樒……ありがとうね。白妙を見てくれていて」

「主上との約束ですので……」

「母上、妾は大丈夫だ。こんな病など、すぐに治してみせるからな」

白妙の強がりにそっと笑うと、吉乃は帳台の横に膝を突いた。

「……白妙。火がね……消えそうなのです。内裏にまで病がおよんでいる。もうこれ以上はもたないでしょう」

「そんなこと……そんなことない！　妾だってしぃだって生きている！　臥せっている官吏だって……これから治るのだ！　またぜんぶ元通りに……っ」

「明日、龍神にお目にかかってきますよ」

「母上！」

「もう決めたのです」

言葉を失う白妙を抱き締めて、吉乃は櫺に笑いかけた。

「優しい白鬼。桜春に来てくれてありがとう。立っているのも辛いでしょうに、白妙の側にいてくれて。もうすぐ、その病は治りますからね。心配はいりませんよ」

「……治るのですか？」

慈愛に満ちた表情で、吉乃は頷いた。一体どうやって？　だが口を開くよりも先に、音もなく立っていた雪晃が櫺を促した。

「櫺、守麗殿へ戻りましょう」

「……でも」

「今宵《こよい》は、私が白妙のそばにおりますから。大丈夫ですよ」

吉乃は笑う。それならばと踵《きびす》を返した時、吉乃に呼ばれた。

「白妙をお願いしますね。これからも、あなたを頼ることが多くなりそうです」

「俺の手に余るじゃじゃ馬だけど……ちゃんと見てるから、心配いりませんよ」

「そうね。ありがとう」

王は何度も礼を口にした。きっと、とてつもなく恐れ多いことなのだろう。しかし今の言葉は、母としての言葉に聞こえた。もう一度だけ「大丈夫ですよ」と答えると、吉乃は安堵《あんど》の表情で大きく頷くのだった。

＊

翌日、守麗殿で目を覚ますと、ひどく静かだった。臥せっている花守に白湯を運び、熱が上がっているようだったので、濡《ぬ》れた布を額にあてた。雪晃はいない。一通り守麗殿を見て回ってから、いつものように春宮御所へ向かった。門を守るはずの武官もいない。忙しく動き回る女房さえも姿がなかった。少しだけ違和感を覚えながら、白妙の部屋へ足を向ける。

「白妙、起きてるか？」

帳台に声をかけると、すでに白妙は起きていたようだ。榴の声に必死に上体を起こす。手を伸ばし、必死に榴を呼ぶのだ。

「どうした？　どこかつらいか？」

よく見ると、目が赤く腫れている。吉乃がずっと側にいたので、嬉《うれ》しくて眠れなかったのだろうか。

「主上がついててくれてよかったな。嬉しくて一睡もできなかった？」

なんとはなしに言ってみたが、白妙は青い顔で榴の袍を摑む。

「……しぃ。桜廟に連れて行ってくれ……っ」

「そんな身体じゃ無茶《むちゃ》だ」

「頼む……頼む……」

「どうした。桜廟になんの用だ？」

「母上がおられる……顔を見たい」

久し振りに母と娘が共に時間を過ごしたのだ。恋しくなってしまったのだろうか。放っておけば這ってでも行ってしまいそうなので、仕方なく白妙をおぶった。

「主上の顔を見たら、すぐに御所へ戻るんだぞ」

「……うん」

白文の浮いた両手で必死に白妙を支える。榁の体調とて万全ではない。震える足を踏みしめ、何度か休憩を繰り返し、ようやく廟が見えてくる。

「しぃ、ここでいい」

「……顔が見たいんじゃないのか？」

「ここでいいのだ。見つかってはいかん」

廟の両扉が見える一角に、白妙を下ろす。よほど探さないかぎり、向こうはこちらを見つけられないだろう。いくらもしないうちに、雪晃を伴って吉乃が桜廟へ向かう姿が確認できた。だが吉乃は唐衣《からぎぬ》をはじめ表着《うわぎ》も単《ひとえ》も袴まで、全て青で統一されていたのだった。いつもの柔和な表情はどこにもない。病は治ると、吉乃は言った。龍神

に頼んで病を祓《はら》う、という意味なのだろうか。一国の王ともなると、龍神にも見える
ことができるらしい。まるで雲の上の世界だ。雪晃を従えて、吉乃は廟へと入ってい
く。それを見届けて、白妙は苦しそうに眉根《まみ》を寄せる。

「大丈夫か？　もう、戻ろう」

「まだだ。……もう少し」

「白妙……」

そのまま四刻ほど経っただろうか。廟の扉が開き、雪晃だけが出てきたのだ。彼は
そのまま廟の扉を閉めてしまう。その様子を見て、白妙の顔色がますます悪くなる。

「もう戻ろう。主上が戻ったら白妙の側に行ってくれって、雪晃に伝えるから」

強引に白妙を抱え上げようとするが、こちらの姿を雪晃が見つけてしまった。

「榓？　……姫様も」

叱られるのではないかと身構える。雪晃は色のない顔で榓と白妙の顔を見下ろした。

「ずっとここにいたのですか？」

「すまない雪晃……白妙がどうしても来たいって」

「……そうですか」

小さく呟くと、彼は静かに両手を地につけ、白妙に叩頭《こうとう》する。

「儀式は滞りなく……私が見届けましてございます」

「雪晃……母上は……」

「ご立派でございました」

「……そうか」

「力及ばず……お守りできずに申し訳ございません……っ」

「雪晃も花守もよくやってくれた。礼を言うぞ。母上も幸せだったであろう」

震える唇で紡ぐ言葉に、雪晃はますます頭を下げる。額に土がつくのも厭わず、ただ頭を下げ続けた。たまらなくなったのだろうか。白妙は持てる力を振り絞って立ちあがると、春宮御所へふらふらと駆けて行ってしまう。思わず追いかけようとするが、雪晃の鋭い声が制止した。

「樒！　追わなくていいんです」

「だけど……っ」

「今は……お一人になりたいかもしれません」

ゆるゆると立ちあがる雪晃を、樒は睨み付ける。

「なんだよ……なんだよ、雪晃も白妙もおかしいぞ。主上はどうした？　まだ廟の中なんだろ？　なら待っていよう。雪晃が忙しいなら、俺が……」

「主上は……もうおられないのです」

「意味がわからない」と言う樒と、雪晃は視線を合わせるように腰を落とした。

「はじまりの火が消えかかりました。市中や内裏で病が流行り、国が傾いたのです。火が消えるのを黙って見ているわけにはいきません。龍神が国を滅ぼしてしまいますから。なら、火を強くすればいい。榴、火が消えそうになった時、あなたならどうしますか？」

「薪《まき》をくべる」

「そうです。はじまりの火が消えかかったなら、薪をくべ、継ぎ火するしかない」

「……木を燃やすのか？」

「いいえ。はじまりの火は……王の命を糧に再燃するのです」

「王の……命？」

ひやりと、心臓に氷があてられたようだった。

「春王は……国の薪なのです。吉乃様は白文病をおさめる為に、薪になったのです」

「そんなの……そんなの体のいい生贄《いけにえ》じゃないか！」

「火を守る為に王はいるのです。いざという時、その身を薪にする為に」

「……知ってたのか？　雪晃も白妙も……知ってたのか？」

「もちろんです」

「主上が死にに行くのを、許したのか？　主上が燃えていくのを見届けたのか⁉」

「そうです」

「……それが花守なのか？」

「そうです。主上のお陰で、火はかつての勢いを取り戻しました。白文病が去るのももうすぐでしょう」

愕然《がくぜん》として立ち尽くすしかできなかった。榴以外は、皆知っていたのだ。知っていながら、吉乃を見送った。白妙も知っていた。自分の母親が、国の為に燃えるのを。

「……俺、白妙の側にいる。主上と約束したから……」

「……そうですね。きっと、その方がいいでしょう。お願いします」

「雪晃はどうするの？」

「しばらくは内裏で奔走しますよ。床《とこ》に臥せている花守や官吏の看病をしなくては」

「……俺もやる」

「はい。頼りにしています」

雪晃にかける言葉が見つからなかった。重い足を引きずって、春宮御所へ向かう。

帳台でうずくまっていた白妙は、泣いていなかった。

「……白妙、早く元気になれ」

「……うん」

「おまえは強いな」

「……王の娘だからな」

「……そうだな」

槞には白妙にかける言葉も浮かばなかった。今は、病は治るのだと言った吉乃の言葉を信じるしかない。白妙の手を強く握り、自分の無力さを噛《か》みしめた。

＊

白文病の回復は驚異的な速さだった。立ちあがれなかった白妙が、翌日には歩けるようになった。身体中の文様も徐々に薄れ、あと数日もすればすっかり消えるだろう。槞の回復も劇的だった。衰弱した身体は仕方がないが、病の症状は嘘《うそ》のように消え去った。吉乃が薪になって一週間、内裏には少しずつ人が増えてきていた。白妙も槞も、臥せっている官吏を訪ね歩き、白湯を飲ませ食事の世話をし、身体を拭いてやった。白妙は一度も泣かなかった。母が恋しいと、泣き言も言わなかった。小さな身体で率先して患者を見て回り、笑顔で励ます。近くで見ていた槞が苦しくなるほどに。

やがて吉乃の継ぎ火が国中に知らされる。桜春国は哀《かな》しみにくれ、喪に服す意味の旗が掲げられた。燃え尽きてしまったので、遺体はない。それでも粛々と国葬は進んでいった。形ばかりの葬送を終えた夜、白妙は槞を呼び出した。人のいない清涼殿。王の御殿だが、もう主《あるじ》はいない。白妙が立ち止まったのは、平敷《ひらしき》の座。朱色の漆塗りの大きな椅子が置かれていた。白妙は椅子の前にぽつんと立ち尽くすと、目を細める。

「ここは王の間だ。母上はいつもここに座って、国を動かしていた。いつもお忙しく、遊んでくれることなど稀だった」

「俺が王を殺した」

押し殺した声で、榓は口を開く。

「俺が内裏に来たから、皆が白文病になった。内裏で病が流行り、王が薪にならなくてはいけなかった」

「違う」

「俺が内裏に来たから、俺が、おまえの母を……家族を奪ったんだ」

「違う」

「俺があの時……おまえに拾われる前に、ちゃんと死んでいれば……」

「ばかを言うな！　しぃを拾ったこと、妾は一寸も後悔していない。妾にはもう……家族と呼べるのは凜々としぃしかおらんのだ……」

「雪晃も花守もいるじゃないか」

「雪晃たちは……内裏から去る。花守は王一代につき一組だ。母上が亡くなられたのだから、ここにいる理由はない」

「嘘だ……」

愕然として櫁は呟いた。今後も雪晃は守麗殿にいて、白妙を助けていくのだと思っていた。仮令《たとえ》櫁が桜春を去ったとしても、雪晃がいてくれれば白妙は大丈夫だと。

白妙は振り返ると、着ていた袿も単も脱ぎ捨て、白小袖と袴だけの姿になる。訝しむ櫁の前で、白妙は白小袖の襟をぐっと下ろしたのだ。

「見よ」

白妙の鎖骨の下、いつか見た桜の文様がはっきりと浮かんでいたのだ。吉乃の手にあった、龍神に選ばれたという証が。

「今朝、印が現れた。妾は選ばれたのだ。妾が次の春王だ。凛々でなくてよかった。生まれたばかりの赤子《あかご》に、薪になれとは言えないからな」

白妙は眉を上げ、快活な笑顔で櫁を見上げた。

「妾は桜春をよい国にするぞ。病もなく、飢えることもなく、争いもない。誰もが幸せに過ごせる国にだ。母上が守った国を、妾も守る」

毅然《きぜん》と顔を上げた白妙に、櫁は愕然として立ち尽くした。次の王は……次の薪は白妙だ。もしまた国に難事があれば、白妙は薪として燃える。その事実を目の当たりにして、櫁は思わず白妙を抱き締めていた。

「白妙……っ」

「どうした、しぃ。らしくないぞ」

「おまえも……燃えてしまうのか？」

「火がかげらず、天寿を全うする王もいる。必ずしも薪になるわけではない」

「でもまた……病が流行ったら？　ひどい戦が起きたら？」

「火が消えかかるなら、薪にならねばならんな」

「国を放って、どこかへ逃げるのは？」

「それはできん。妾は桜族ぞ。母上が守った国を見捨てるなどできん」

「……怖くないのか？」

「…………」

何か言おうと白妙は口を開いた。だが言葉が出てこないまま、榣の袖にしがみつく。

「……怖い」

「白妙……」

「妾も薪になるのだろうか。母上と同じく……燃えねばならんのか……っ」

言って白妙は、ようやく大粒の涙をこぼした。気丈にも、あるべき王の姿を語ったが、もはや耐えられなかった。

「怖い……怖いっ。しぃ……妾は王として国を動かせるだろうか。火を……守れるだろうか……？」

「どうしよう」と狼狽《ろうばい》の声で、忍び泣く。小さな肩を抱いて、榣は天を仰いだ。そして一つ決心すると、白妙の手を取り、自分の角に触れさせたのだ。

「しぃ……？」

「俺の角に触れていいのは、家族と忠誠を誓った主だけだ」

あれだけ触れさせるのを嫌がった櫁の角はしっとりと艶があり、温かい気がした。

「俺、花守になる」

「しぃ……」

「おまえの花守になる。だから泣くな。国難なんか、俺がどうにかしてやる」

「本当か？　妾を守ってくれるのか？　妾の側にいてくれるのか？」

「約束する」

すると堪えきれず、白妙は大声で泣き出した。その年齢の子供らしく、はじめて声を上げて泣いた。泣き疲れて眠るまで、櫁は白妙の背中をそっと叩く。今はそれしかできなかったから。

眠ってしまった白妙を御所に寝かせ、守麗殿へ戻る。すると門の前に雪晃が待っていた。いつもそうだ。彼はなんでも見透かしたように、穏やかに笑いかけてくるのだ。

「雪晃……俺、花守になる」

「熱意と努力と……覚悟が必要ですよ」

「わかってる。……俺さ、桜春の未来に興味はないんだ。でも白妙には笑っていてほしい。薪にはしたくない。それだけなんだ。うん……雪晃の言っていたこと、わかった気がする」

「大学寮は十五歳から四年あります。その間、寄宿寮で過ごさなければなりません。内裏には戻れませんよ。花守になるには、首席で卒業するほどの成績でないとね」

「だって俺、剣の才もあって楼師の覚えもめでたいんだろ？」

「もちろん。そうと決まれば私と楼師がびしびしと鍛えます。手は抜きませんよ」

「……頼む」

「姫様が即位されるには、花守が決まらないといけません。それまで私はここにいますよ。榴が花守になるのを見届けて、退官いたしましょう」

「そのままいっしょに、花守ではいられないのか？」

雪晃は困った風に笑う。

「私は主上を守り通せなかった花守です。それにここには幸せな思い出が多い。主上がおられぬ内裏は……花守には辛すぎます」

雪晃の意志は固い。何を言っても内裏を去るだろう。浮かない顔の榴の肩に、雪晃は手を置いた。

「自分が病を招いたなどと、思わぬことです。誰が病にかかるかかからないかは、龍神がお決めになったのかもしれない。神の意志など、我々には測れないのですよ。それにね、『樒』は魔除《まよ》けなのですよ。強い香りで妖魔や邪気を追い払う、大変に縁起の良い木なのです」

「……魔除け」

「名の通り、桜春の……姫様の魔除けとなるでしょう」

それから二年の後、雪晃と楼師の熱心な口添えが功を奏し、樒は桜春国ではじめて、鬼として大学寮の入学を許された。国試の成績は一位だったので、大学寮の関係者も認めざるを得なかったのだ。

今日からは内裏を離れ、大学寮の宿舎での生活。道すがら京の店を覗《のぞ》いてみると、白妙の姿絵がいくつも並んでいた。即位はまだだが、次の春王に対する期待の表れだろう。淑《しと》やかに顔で微笑む姿絵に、そっと苦笑する。本物は内裏を飛び回り、最近は乗馬も覚えて一瞬たりともじっとしていない。樒は姿絵を一つ買って、荷物に忍ばせた。

第二話　初春——桜春国《おうしゅんこく》の白鬼

　内示が下ったのは、樒《しきみ》が十九歳になった初春のことだった。花守《はなもり》は神祇官《じんぎかん》に属する官吏だ。大学寮の卒業を目前に控えた頃、神祇官の長官である神祇伯《じんぎはく》の名で、貴殿を花守筆頭に叙す、と。剣は雪晃《せっこう》譲りだし、学は楼師《ろうし》から手ほどきを受けた。同じ学生からは「鬼ごときが」と、妬みの的になることも多かったが、樒は気にもしなかった。単位を落とさず留年せず、一日も早く花守にならなければ。学費や寮費を惜しげもなく援助してくれた雪晃への恩もある。

　そしてようやく、白妙《しろたえ》や雪晃、楼師と約束した通り、花守筆頭の地位を得て卒業が叶《かな》った。あとは部屋の荷物をまとめて、内裏《だいり》に——守麗殿《しゅれいでん》に入るだけ。

　壁にかけてあった白妙の姿絵を一つ手に取り、しみじみと眺める。絵の白妙はまだ十歳かそこらの姿。まだまだ子供の顔だ。丁寧に布で包んで、荷物に入れる。もう一つ壁にあった絵も取る。これは十三歳頃の姿。少しは落ち着いて大人になっただろうか。こっちの姿絵は——。

「……ちょっとあんた、食い入るように眺めるのはいいけどね……早く片付けなさいよ。壁を埋めるくらいの姿絵、いつになったら仕舞《しま》い終えるのよ」

不意に戸口から声がかかる。ちらりと見ると、品良く袍を着崩した艶《なま》めかしい細身の青年が立っていた。赤みがかった髪を括《くく》りもせず、長く伸ばした様は女性かと見紛《みまが》うようだが、れっきとした男性だ。その場にしゃがみ込んで、榴の荷物をあさりだす。

「ねぇ、榴ちゃん。なんで同じ姿絵が三枚もあるのよ。一枚でよくない？」

「観賞用と保存用、それと人に勧める用だ」

「じゃあ、この手燭《てしょく》（蠟燭《ろうそく》を立て、火を灯す室内用の灯《あか》り）はなんなの？　赤やら黄やら紙の筒で覆ってあるけど」

「白妙が尊く輝いた瞬間や、陰から応援したい時に掲げる。例えば、白妙が出る行事とかな。ちなみに葵祭《あおいまつり》は青、重陽節《ちょうようせつ》は黄だ」

「えぇ……誰が決めたの？　ならこの一際《ひときわ》厳重に包んである姿絵は……」

「俺の白妙に触るなー！　手の脂が付いたらどうするんだ！　有名な絵師の姿絵だぞ！　希少価値が付いてるんだ！」

「わー……引くわぁ」

青年は両手で身体を抱きしめて震える。それを睨《ね》め付《つ》けて、榴は荷造りを再開した。

「藤艶《ふじつや》……人の部屋に入るのに、戸も叩かないのか」

「ちゃんと叩いたわよ。あんたが真剣に姿絵を一つ一つ吟味してるから、あたしに気が付かなかったんでしょ？」

言って、呆《あき》れたように櫁の部屋を見渡す。

「新作の姿絵が出れば買いあさって……姿絵だけでも相当な数なのに、なにこれ？次期春王《しゅんおう》の湯飲み？　こっちは人形……これは暦、魔除け札、単《ひとえ》まで!?　着てるの!?　ねぇ、あんたこれ着てるの!?」

叫び出す藤艶の手から数々の品物を取り上げて、櫁は淡々と荷造りを進める。

「櫁ちゃん……入学してきた時は、ぶっきらぼうで男前な白鬼だったのに……今や変態よ？　わかってる？　残念よ！」

「変態じゃない。花守としてだな、次期主上《しゅじょう》に関わる商いに不正はないかと目を光らせているんだ」

「かっこいい言い方してもだめよ。もはやただの収集家。変人の愛好家よ」

「いや違う。次期主上に関わる情報は常に正しく伝えなければいけない。不敬があってもいけない、ねじ曲がった事実であってもいけない。もし、虚偽の評判が出回ってみろ。桜春《おうしゅん》の国民が怒り暴動が起こる。内裏は混乱し政治の機能が停止する……そして国難になり……火が……火が消え……っ」

「落ち着いて、櫁ちゃん！　それ、想像じゃなくて妄想よ！　しっかりして！」

肩を激しく揺さぶられ、樒が我に返る。そのまま一拍置いたのちに、荷造りを再開した。

「よくもまぁ、こんな男を花守にしたわよね。おまけに筆頭よ？　花守の選考って現筆頭の推挙が大きいし……だからって雪晃殿を疑うわけじゃないけど、大丈夫かしら」

「その言葉そっくり返すぞ。よくもまぁ、おまえみたいな男を花守にしたな、雪晃は」

「首席はあんたに譲ったけど、次席はあたしだもの。成績で言えば申し分ないわよ」

「しかし人格が……」

「あんたに言われたくないわ！　白妙様と懇意なのは知ってるし、雪晃殿の愛弟子《まなでし》なのもわかってるけど、しっかりしてよね。あたしの上司になるのよ、一応。頼むわよ」

「この桜春に、俺以外の適任者はいない。国難の兆候は決して見逃さず、全て潰す」

「はいはい。で、今から参内するってほんとなの？　あたしたちはこれから、卒業祝いの宴《うたげ》なんだけど」

「俺はいい。さっさと内裏に行きたい」

「そうでしょうけど、同期と親睦を深めるのも大事なんだけどねぇ。あんたにとっては、白妙様が一番よね。まぁ明日には、香散見《かざみ》といっしょにあたしも参内するから、よろしく」

香散見も槠の同期で、この度花守を拝命した。大学寮でも特に変わり者として有名だった三名が、揃って花守に任命されるとは、誰かの意図——雪晃の意志が働いた結果だろう。ともかくこの三人が白妙の花守を務めることになる。手早く荷物をまとめ終え、槠は静かに立ちあがった。

「では、明日は寅《とら》三刻（午前四時）に守麗殿に集合だ」

「早すぎるわよ！　もっと考慮して！」

＊

内裏へ入るのは四年ぶりだ。内裏で白文病が蔓延した際に、槠が奔走して官吏やその家族の看病をしたことは皆知っている。それに、花守に就任した話もどうやら届いているらしい。内裏の門を守る門番衆も、槠の姿を見ただけで通してくれた。

まずは白妙の様子を知りたい。即位式はまだなので、清涼殿《せいりようでん》ではなく春宮御所《とうぐうごしよ》にいるだろうか。御所の周りには桜の木がいくつも植えられており、春になると毎年白妙と眺めたものだった。今はまだ蕾《つぼみ》は固く、花が咲くのはしばらく先だろう。

しかし数年ぶりに訪れた御所は、ただならぬ騒ぎになっていた。走り回る女房をつかまえて話を聞くと、どうやら白妙の姿が消えたらしい。途端に、榣の顔が青くなる。

「御年十五にして、ふらふらと内裏を放浪しているのか。まさか……誘拐？　身の代金目的だろうか……それとも曲者《くせもの》に襲われて⁉　早く見つけなくては……白妙の不在はすなわち国難！　速やかに国難の芽は潰す！」

慌てて踵を返し、御所から一番近い門へと走る。不届き者の姿を門番衆が見ているかも知れない。だが、ほど近い桜の大木が大きく揺れた。思わず見上げると、木の枝から白妙が飛び降りてきたのだ。

「なっ！」

「しぃ！」

咄嗟《とっさ》に手を伸ばして受け止めたものの、勢い余って倒れ込んでしまった。したたかに打ち付けた背中をさすっていると、白妙はにんまりと笑う。

「よく帰ったな！　息災だったか？　もうすぐ来る頃だと思って待っておったのだ。木の上からおまえが右往左往しておるのを見ておったぞ」

桜色の瞳を輝かせて笑う好奇心に満ちた顔は、四年前と同じだ。だが今年で十五になる。さすがにすらりと手足が伸びて、大人の輪郭を保っていた。艶やかで長い髪は、ふわりと花の香りがした。すっかり綺麗になってと愛《いと》しさがこみ上げ、抱き締め天を仰ぎ『尊い！』と叫びたくなる。昔のように接してくれるのは大変に嬉しかったが、さすがにこの距離感で接するのはまずいと、榣は居住まいを正し、その場でそっと頭を下げた。

「お久しぶりでございます、姫様。御健勝のようでなによりです」

途端に白妙の顔に、不満の色が浮かぶ。

「……なんぞ、しぃは大学寮へ行って頭が固くなったの」

「分別を覚えただけでございます」

「なぁ、しぃ」

「榣。人前では、榣とお呼びください」

「人がおらぬならいいのだな」

むぅと唇を尖《とが》らせて立ちあがると、しげしげと榣の姿を眺める。

「しばらく見ぬ間に背が伸びてたくましくなったな。昔はあんなにやせっぽちだったのに」

「今は六尺（約百八十センチ）ほどかと」

「ふぅん」

気のない返事だった。すると遠くから、楼師の大声が聞こえてくる。

「姫様！　姫様ー！」

「楼師、姫様ならここに……いてっ！」

白妙はすばやく櫁の足を踏みつけ、長身の陰にしゃがんで隠れる。

「櫁か！　よう戻った！　積もる話はあとでしよう。姫様を知らぬか!?」

額に汗を浮かべ、楼師が御所の渡殿《わたどの》から身を乗り出していた。

「姫様は……」

ちらりと背後の白妙を見やると、唇に人差し指を押し当てている。私情を捨てて楼師に報告するか、それとも——。

「いえ……お姿は見ておりません」

私情が勝った。楼師は「そうか」と言うと渡殿を走り抜けて釣殿《つりどの》へ向かって行く。

櫁の対応に、ふふふと満足げに笑い、白妙は裾を払って立ちあがった。

「これで共犯ぞ」

「今はまだ御所に？　早く戻りますよ」

「大学寮はどんなところだった？　人がたくさんおるのか？　食事はうまいのか？」

「姫様、そのような話はここでなくとも……」

「それを止めよ。いつもみたいに話してくれ。しぃと妾は家族ぞ」

「あぁ……うん」

花守としての意地は、そう長くは保たなかった。願わくは雪晃のように礼節を重んじ、慎《つつ》ましく接しようと思ったのだが。諦めて小さく嘆息する。目の前にいるのは王ではなく、まだ十五の少女だ。四年間つらつらと想像してきた『尊い王』の姿には、まだ遠い。押しつける気はないが、国難の芽を潰すためにも、理想の王となるべく叱《しっ》咤激励《たげきれい》するつもりではある。

「……大学寮には学生が三百人ほどいる。国試に受かれば誰でも入れるから、庶民もいれば貴族もいる」

「いじめられはしなかったか？　鬼はしぃだけだろう？」

「雪晃と楼師から教えを受けた鬼など、もはや珍獣だからな。俺に文句をいうやつは、俺を妬んでるってことだ。そんなやつらに付き合ってる暇はない」

「友達はできたか？」

「俺みたいな変わり者に付き合ってくれるのは、同じ変わり者ばっかりだったよ。そのうちの二人が新しい花守だ。明日、参内する」

「楽しみだのう。凜々《りり》はな、もう六歳になった。妾に似ずしっかり者よ。あとで会ってやってくれ」

「おまえも大人になったな」

「そうであろう？」

「と思ったが、御所を抜け出して木登りなんて……そんなに変わってないか」

笑っていると、白妙はむぅと頬を膨らませた。

「妾はもう大人ぞ。裳着《もぎ》は終えたし……もうすぐ即位式だからな」

「……春王か」

「そうだ。頼りにしてるぞ」

返事の代わりに、白妙の黒髪をそっと撫でる。

「任せろ」


数年ぶりの守麗殿の前には、心得たように雪晃が立っていた。あの頃と変わらない笑顔で、雪のように静かに佇《たたず》んでいる。

「ただいま、雪晃」

「おかえり、櫁」

櫁が大学寮へ行っていた四年間、守麗殿に残り白妙を見守ってきた。他の花守はすでに桜春を去ったとか。先王の最期を見送った彼だけが、何を想《おも》って内裏にとどまったのか、想像に難くない。それがわかっているからこそ、心苦しい。

「姫様が御所から消えたとか」

「今ごろ、楼師に説教されてるよ」

そうですかと、雪晃は小さく笑う。そして手を伸ばして、榁の頭を撫でるのだ。

「首席で卒業とは……がんばりましたね」

「……俺、もう子供じゃないいんだけど」

「無事に花守筆頭ですか。少しは私の推挙の声が届きましたかね」

「少しどころじゃない。雪晃が推したから、花守になれた。他二人の人選は……俺にはよくわからないけど」

「花守はね、少しくらい変わり者がちょうどいいんですよ」

すでに夕刻。日が沈む時間だ。風は冷たく、肌寒い。

「火桶に炭を入れて待ってたんですよ。いっしょに夕餉《ゆうげ》にしましょう。寮での話を聞かせてください」

「うん」と頷く。雪晃の前では、格好をつけても無駄だ。素直に守麗殿へ入る。会ったらいろいろと話したいことがあったはずなのに、言葉が詰まって出てこない。

白妙の即位式まであと三日。別れは近いのに――。

＊

翌日、蒼宸殿《そうしんでん》では厳《おごそ》かに儀式が執り行われた。蒼宸殿は内裏の正殿で、朝賀や公事《くじ》、即位式もここで行われる。今日は白妙の花守の叙位《じょい》の儀だった。白妙の花守は正式に三人。筆頭は榕。新たに花守となる三人は、白妙に叩頭したのち、誓詞《せいし》を述べる。次いで白妙から太刀《たち》と、花守の証《あかし》たる銀の板――花袋《かたい》が下賜《かし》された。

これに参列するのは本来、二官八省の殿上人《てんじょうびと》たちである。通常なら百人ほどだが、白文病の猛威で亡くなった高官も多い。穴を埋める形で人員を補充したいところだが、未《いま》だに人員が揃わず、此度《こたび》の花守の叙位の儀には、およそ六十人が参列することとなった。白文病で国庫も開いた為、桜春国はとにかく人手と金がないのである。それでも国の威信を保つべく、叙位の儀も即位式も絢爛《けんらん》にせよ、との厳命が太政《だじょう》大臣から下っていた。

儀式を終え、御所に戻った白妙は花守たちを呼び出していた。

「簡素でよいのにな。桜春は貧乏なのだ」

「国の威儀というものがございます。花守の儀も即位式も、噂は他国へ届きますからね。ご立派でございましたよ」

手ずから茶を配る雪晃に恐縮する新参二人を見やり、榕は居住まいを正す。

「姫様、改めまして花守を紹介いたします。こちらが藤艶」

さすがに袍を着崩したりはしなかったが、藤艶は華やかに叩頭する。

「藤艶でございます。花守として姫様に尽くす所存。よろしくお願い申し上げます」

「妾の花守には女性がいると聞いた。そなただな？」

「いえ、あたしは男でございますよ」

くすりと笑う藤艶に、白妙は目を丸くする。確かに藤艶は男性の正装である束帯《そくたい》だ。しかし、その隣の新顔もまた束帯だった。白妙の困惑の視線を受け、最後の新顔がにやりと笑い叩頭する。

「香散見でございます。一応、戸籍上は女でございますよ」

「おお……なんと。美丈夫かと思うておった」

香散見は樒と同じく短く髪を切り、目元もきりりと涼やかだった。背も高く、一見すれば美麗な男性だと誰もが思うだろう。

「私は単や唐衣《からぎぬ》がどうにも嫌いでしてね。生まれてこの方、女装束を着たことがございません。だって動きづらいですもん。狩衣《かりぎぬ》くらいがちょうどいいかな」

花守といえど、官吏である。大分くだけた調子の香散見に、樒の目が厳しく細められたが、白妙はむしろ嬉しそうに笑った。

「妾も単は苦手だ。やはり動きやすいのがよい。いつか狩衣も着てみたいものだ」

「そうだよな。あっはっは。あんた可愛《かわい》いよ。これからお仕えする姫君がいけ好かないちんくしゃなお子様だったらどうしようかと思ってたが、私は気に入った」

「あら、色とりどりの単だって可愛いじゃないのよ。あたしはいつか着てみたいけど」

「あんな重いのはいただけない。馬に乗れないじゃないか。なぁ、姫様？」

言うなり香散見は、白妙を無遠慮に抱き締める。さすがに無礼が過ぎると櫁は腰を浮かすが、藤艶が「まぁまぁ」と笑って制した。

「これから長い付き合いになるんだし、仲が良いのはいいことじゃないの。ちょっと香散見ちゃん、あたしにも抱っこさせてちょうだい」

きゃいきゃいと睦《むつ》まじく笑う三人に、櫁は密《ひそ》かに口をとがらせる。正直、羨ましい。できれば交ざりたい。こっそりあつらえた、特製の手燭《てしょく》を掲げたい。

「櫁も交ざればいいじゃないですか」

なにを見透かしたのか、悠然と茶をすする雪晃は楽しそうに笑っている。

「……俺は公私は分けるんだ」

「ははぁ。いつまでもつやら」

「……うるさいな。いやそもそもだ。花守とはこれでいいのか？　前任の花守はもっと節度があった」

「いいんですよ。花守は多少の無礼が許される唯一の官吏。それに女性が大学寮に入るのは極めて稀です。学生百人のうち、一人いるかいないかでしょう。卒業しても普通の官吏にはなれないのですからね。女性が大学寮に入る目的は、花守になる為だけ。

香散見は成績も優秀で、なにより意志が強い。私が花守にと推挙しました」

「まぁよく……こんな変わり者ばかりを」

「すばらしい人選だと自負していますよ」

少なくとも、がちがちの礼儀で縛ったり、他人行儀で無関心な間柄になったりすることはないだろう。それでも最低限の礼節はわきまえるべきだろうが。葛藤のあまり頭痛を覚えていると、手に花袋が当たった。花守筆頭の証。石帯から外すと、それを雪晃に押しやる。

「雪晃、これを。今はあんたが持っててくれ」

「いえ、あなたが持ちなさい。私はただの花守。しかもあと三日だけです」

すでに雪晃は、吉乃《よしの》の花守筆頭である花袋を白妙に返上しているという。仮の花袋は持っているものの、腰に吊すのはあと三日だけだ。

「雪晃殿、本当にお辞めになるんですか？」

白妙を膝に乗せた藤艶が、残念そうに目を細める。

「はい。花守が代をまたぐなど前例がありません。それに、ゆくゆくは旅をしてみたいと思っていたんですよ」

「大学寮で教鞭《きようべん》を執るとか……いろいろあるんじゃないですか？　望めば公卿《くぎよう》にだってなれるとか。他国で大臣《おとど》になった花守もいるらしいし。旅はそれからでも」

「私はあまり、政治に興味がないんですよ。ご存じの通り、そもそも花守には政治に干渉する権限がありません。主上に助言するくらいはできますがね。太政大臣をはじめ太政官《だじょうかん》の方々に意見はできません。だからこそ、花守はいろいろと特権がありますが。私はそちらのほうが都合が良かった」

「……そうですか」

「桜春以外の四国を旅して、美味《おい》しいものを食べて歩きます。そしてどこか静かな場所を見つけて……焼き物でもしましょうかね」

どこか楽しそうに語るので、藤艶はそれ以上は言えなかった。

「ところで姫様、花守に話したいことがあったのでは？」

「そうであった！」

雪見に促され、藤艶の膝から飛び上がる。一応、形だけは取り繕おうと、白妙は円座にきちんと座り直す。

「実はな……大内裏《だいだいり》に怨霊が出るらしい」

声を潜めた白妙の顔を見てから、新人の花守たちは顔を見合わせる。

「怨霊？　これはまた……ありきたりな」

「藤艶は大学寮に入る前は、大内裏の官吏だったんだろ？　よくある話なのか？」

聞いた香散見に、藤艶は小さく唸る。

「話は聞くわよ。後宮で死んだお姫様とか、呪殺された大臣とか、毒殺された皇太子とか。国を問わず、内裏にはつきものだわね」

「へぇ。私は綺麗なお姫様がいいな。どうせ見るなら美人がいい」

「あたしもあたしも」

「おまえたちな……」

さすがに榼が声を上げるが、白妙はにんまりと微笑む。

「よかったな。怨霊は姫らしい。きらびやかな装束をまとった、とびきりの美人だという噂だ」

やった！　と言い出す香散見に、榼の眉間の皺《しわ》は深くなる。

「香散見に構わず、続きを——」

「うむ。怨霊の話を妾が聞いたのは、一週間ほど前だった。夜な夜な大内裏の各所に現れては、『しょういち～』と言って誰かを捜して消えるらしい。各所は大混乱だ。即位式まで間もないのに、怨霊騒ぎで準備も遅れているという。このままでは即位式が延期になりかねんとか」

「……それはまずいわね。即位式の日取りなんて慎重に選んで決めてるんだから、おいそれと延期なんてできないわよ」

「各省の動きは？」

問う樒に、白妙が低く唸る。

「陰陽寮総出で占いだ祈禱だと奔走しておるが、未だ解決せずだ。衛門府《えもんふ》の者も大内裏の警備を強化しているが、怨霊を捕らえたという話は聞かないな。おまけに昨夜、内裏にも現れてな……凜々が目撃しておるのだ」

「御所にまで……こりゃ静観してる場合じゃないか」

香散見は小さくぼやいたが、すでに樒はそれどころではなかった。

「……このまま怨霊が徘徊《はいかい》し、死傷者でも出れば一大事。ましてや白妙や凜々様の玉体に傷でもつこうものなら、桜春国をあげての怨霊の大討伐がはじまる。国政は止まり、農民もかり出され、挙げ句に不作で飢饉が起こり……火が……火が消え……っ」

「おお、はじまったぞ。樒の妄想が」

「慣れるとじわじわ楽しいわよね。よくもこれだけ悪い方に考えられるものだわ」

「笑い事じゃないぞ、おまえたち。これは国難だ！　疎《おろそ》かにすれば直ちに国が傾く！　我々花守も速やかに問題解決に動くべきだ！」

「そうねそうね。じゃ、花守の初仕事といきますか」

藤艶がぽんと手を打つ。さすがにこのまま御所で会議を続けるのも憚られる。守麗殿へ場所を移そうと、新人花守が腰を浮かせた。

「私は姫様のそばにおりましょう。三人で頑張ってらっしゃい」

雪晃が茶をすすりながら言う。その場を動く気がないようだった。

「雪晃は来ないのか？」

「どうしてもどうしても、どーしても困ったら、助言くらいはいたしましょう」

にこやかに答える雪晃に、花守たちは声を潜める。

「優しい顔して容赦ないわよ、あの人」

「……ここにきて俺たちの入省試験か？」

「いきなり難問だろう。即位式まで時間もないし」

しかし雪晃が内裏にいるのもあと数日だ。これからは三人でやっていかなくてはならない。諦めて守麗殿へ場所を移して、顔をつきあわせた。

「話をまとめると、『しょういち』なる人物を捜して、夜な夜な姫君の怨霊が現れる、と」

「今のところ、被害はないようね。驚いて勝手に転んだ官吏くらいはいそうだけど」

「とにかくその怨霊を見つけて、切り伏せればいいんだろ？」

「香散見ちゃんは乱暴ねぇ。もっと穏便な方法はないの？　話し合うとか」

「話が通じるんなら、口説いてもいいけどなぁ」

何気なく言い出す香散見にしばし瞑目《めいもく》して、樒は腕を組む。

「祈禱なり香散見が殴るなりすることで、消えてくれれば話は早い。面倒なのは、その姫君に何らかの未練があって成仏できない事情がある、とかだな。せめて姫君の身元がわかればいいんだが」

「身元なんて一度でも姿を拝まないとわからんな。現れるのは夜だろ？　待つか？」

「夜は目星をつけて見張るとして、まずは『しょういち』とやらを調べるか」

「そもそも、『しょういち』って誰って話よね」

「どこかの官吏の名前か？　大内裏で働いてるとか」

「官吏として働いてるならまだしも、出入りしてる人間までいれたら相当な数よ」

「どれくらいだよ」

無造作に茶を器に注ぎながら香散見が問うが、

「太政官に勤める者だけでも、七～八千人てところかしら」

「うげ……」

「二官八省と内裏で何人いると思う？　捜せると思う？」

「むしろ『しょういち』なんて、何人もいそうだしな」

香散見は顔をしかめる。

「それでも、捜すしかないだろうな」

「名簿とかねぇの？　そういうの管理してるのはえーと……」

「文官の人事を担当するのは式部省《しきぶしょう》、武官の管理は兵部省《ひょうぶしょう》だな」

「さすが筆頭！」

「じゃ、そっちはあんたたちに任せるわよ。あたしは古巣をあたってみるから」

行って藤艶は立ちあがる。

「弾正台《だんじょうだい》だっけ？」

「そうよ。秘密だらけの風紀取り締まり組織。不正や治安を管理する、とってもお堅いところよ」

「藤艶が一番風紀を乱しそうなのにな」

「ほんとよね。お互い監視して密告して……どろどろしてるのよ。人間不信になっちゃうわ。素直に教えてくれるかわからないけど、聞くだけ聞いてみるわ」

じゃあね、と彼は守麗殿を出て行ってしまう。残された榕と香散見も、立ちあがった。時間はないのだ。

「なら、こっちは式部省と兵部省に行ってみるか」

＊

まずは式部省からと、榕と香散見は訪ねてみた。応じてくれたのは式部大夫《しきぶたいふ》だった。
いきなりやってきた若者——しかも鬼の姿に面食らった様子だったが、花袋を見せると途端に態度が軟化した。

「花守がどういったご用件で？」

「大内裏の怨霊騒ぎをご存じか？　どうやら怨霊は『しょういち』なる者を捜しているらしい。もしかしたら官吏かもしれないと、その者を捜しているのです。こちらの名簿を見せていただきたいのですが」

本来、いきなり他省の者が訪ねてきて、こんなぶしつけな頼み事をしても応じない。よほど位がある高官か、主上直々の指示であるなら別だが。しかし相手が花守であるなら、話は違う。式部大夫は二つ返事で頷くと、奥の書庫へ案内してくれた。花守の頼みは、すなわち王の頼み。そう解釈され、多少の越権は許されるのである。

「怨霊の件、噂で聞いておりますよ。私は見たわけではございませんが、恐ろしい姿だったとか。ついに花守も動きますか……これは大事でございますな。あぁ、文官の名簿はここに。自由に見ていただいて構いませんが……なにしろ数が膨大ですよ」

「拝見させていただきます。しばらくここに留《とど》まってもよろしいか？」

「えぇ、構いませんよ」

「感謝いたします」

榴がてきぱきと対応するのを面白そうに眺めながら、香散見は置いてあった円座をたぐり寄せる。

「仕事ができる上官を持って、私は嬉しいよ」

「軽口言ってる暇はないぞ」

「わかってるって。えっと文官の名簿……これか？」

棚に『文官名簿』とわかりやすく書かれた冊子が、いくつも並んでいた。棚一つに収まりきらず、二つ三つ四つ五つ――。全ての冊子を合わせれば千を超えるかもしれない。立ち尽くす櫨を、香散見が横目で見やる。

「……どうする？」

「落ち着け……。おそらく歴代の官吏の名簿も含まれているんだ。今現在、出仕している官吏からあたろう」

「『しょういち』がもう死んでたら？　だって怨霊なんだから姫君も死んでるんだろ？　何十年も前の人間かもしれないじゃねぇか。だったら、『しょういち』だってさ……」

「『しょういち』が死んでいれば……事件は解決できず怨霊が好き勝手に暴れ出す。もし白妙に何かあったら……っ。火が消えるどころでは……っ！」

「ごめん！　冗談だって！　よし、今出仕してる官吏から捜そう！　な？」

途端に動揺を隠せず震える櫨を無理矢理座らせて、香散見は手近な一冊を手に取る。ぱらぱらと頁を捲《めく》るが、隙間なくぎっしりと名前が羅列されている。

「……今日中に終わんねぇぞ……こりゃ」

「運良く、早めに当たりを引くかもしれないだろ」

「夜は内裏で怨霊の見張りもしなきゃだし……」

「……あとで式部大夫に頼んで、名簿を持ち帰らせてもらおう。調べつつ怨霊が出るのを待つしかないな」

「叙位の日にいきなり徹夜かぁ。こりゃ楽しいね」

悪態をつきながら、「しょういちしょういち」と唱えて、指で文字を辿る。

名簿を睨むこと数刻。藤艶が顔を出したのは空が赤くなったころだった。

「どう？　様子見に来たわよ」

軽い調子でひょっこりと顔を出したが、眉間に皺を寄せて冊子と睨み合う二人を見つけて、藤艶は嘆息した。

「そろそろお仕事終えて、みんな帰っちゃうから、続きは守麗殿でやりましょう」

「もうそんな時間か……名簿はいくつか借りて帰ろう」

「はいはい、頑張ったわね。荷車借りてくるから待ってなさい」

「ついでだ。兵部省に寄って借りられるだけ借りてこよう」

「そうだな。後日行くんじゃ二度手間だもんな」

荷車まで借り、載せられるだけ名簿も載せた。ぎしぎしと車輪を軋《きし》ませながら、樒が車を引く。

「藤艶、そっちはどうだった？」

「怨霊の脅威はわかってるけど、為《な》す術《すべ》なしって感じだったわ。一応あそこも、『しょういち』を捜してるみたいだけどね。近衛府《このえふ》と連携して見張りの数を増やしてるそうだけど……怨霊を見つけてもねぇ。できることがないわよ。あっちこっち回って、怨霊絡みの資料は集めてきたけど」

「やはり、陰陽寮の力がいるか」

「そうなんだけどね。連夜、神出鬼没の怨霊に振り回されて満身創痍《まんしんそうい》って話よ。桜春はどこも人手不足だから、動ける陰陽師《おんみょうじ》も限りがあるし」

そっちは？　と聞くと、香散見は首を振る。

「古今の官吏の数が多すぎるな。今、出仕してる官吏を中心に調べてたが『しょういち』なんてやつは見つからなかった。なぁ、筆頭？」

「式部省でこの有様だ。とても兵部省の名簿まで手が回らない。これで過去の官吏まで調べなければならなくなると……即位式までに間に合わないな」

「どうするのよ？　雪晃殿に泣きついてみる？」

「いやだ」と樒は即答する。

「そうよね、もう少し意地張ってみようかしらね」

そうしているうちに守麗殿へと辿《たど》り着《つ》く。両手に冊子を抱えて中に入ると、すでに雪晃と白妙が茶を飲んでいた。すぐさま白妙が飛んでくる。

「どうであった？」

「弾正台と式部省をあたってみたが、今のところ『しょういち』なる人物の目星も付かない。名簿を借りてきたから、これを調べつつ怨霊の出現を待とうかと」

「怨霊を待つのか？　なら妾も行く！」

「だめに決まってるだろ！」

有無を言わさずぴしゃりと言い放つ。むぅと頬を膨らませる白妙の後ろから、雪晃がゆっくりと動き出した。

「名簿を持ち帰ったのですね。どれ、私も手伝いましょう」

「……しかし」

「知恵を貸しているわけではないですからね。人手がいるでしょう？　私も花守です」

言って彼は、一冊を手に取った。

「なら、妾も調べる。ここでやるなら安全だろう？」

「即位式の練習はどうなってる？」

「何度も何度もやっておる。本番では、裾を踏んで転びもしないし、口上も間違えないから……櫨！」

すでに酉三刻《とり》（午後六時）。できれば白妙にはすぐさま御所に戻ってもらい、大人しく食事をとって、そのまま就寝して欲しいところだ。十五の主上に仕事を手伝わせる花守など、あってはならないのではないか。助けを求めてちらりと雪晃を見やるが、彼は名簿に目を落としたまま静かに口を開く。

「筆頭のよいように」

「……そういうものなのか」

しかし断ってもなにかと理由をつけて守麗殿へ居残るだろう。花守の役目は『主上の憂いを取り除く』ことだ。

「まぁ……危険はないだろう。手伝いを頼む」

「もちろんだ！」

顔を輝かせて、名簿の一冊を手に取る。さすがに徹夜はできないだろう。寝てしまったころを見計らって、御所に連れて行けばいい。そう思い、櫨は名簿を開いた。

しかし果たして、これは花守として正解なのだろうか。なんの確信もない。

夕餉もそこそこに、各人が名簿と睨み合うこと数刻。

「くそ～……何人かいるなぁ『しょういち』」

ごろんと横になった香散見が、手元の懐紙に詳細を書き付けている。

「そうね。正市、章市、祥一……。でもあれよ、お姫様と接点ありそうな『しょういち』を選んでよね」

「だったら貴族かなぁ……」

「とりあえず絞っておいて、明日、一人ずつ当たるか」

怨霊事件の情報は、姫君の怨霊と『しょういち』しかない。怨霊と出会えない以上、『しょういち』を調べるしかないのだが。香散見は冊子を指で叩きにやりと笑う。

「実は『しょういち』は近衛府の少将《しょうしょう》で少納言の二の姫と恋仲だった、っていうのは？」

「あら、いきなり核心をついたんじゃないの。確かに二の姫ってお綺麗で有名だったけど、亡くなったのよね」

「いや、兵部省の名簿にいるんだよ、『中原正市《なかはらしょういち》』って。どうにか繋がんねぇかな。恋仲だったけど浮気して、死んでも二の姫に恨まれている、とか」

「だったら怨霊に会わせるべきよね。浮気の制裁は受けなきゃよ」

「よし、それでいこう」

「ほぉ……内裏の外はそのようなことになっておるのか」

軽口を叩き出す香散見と藤艶を半眼で眺め、樒は大きくため息をつく。

「あのなぁ……」

「冗談でも言ってなきゃ、寝ちゃうわよ」

「そうだそうだ。それにな、もしかしたら『しょういちろう』かもしれないぞ。いるんだよ名簿に『庄一郎』が」

「……やめてくれ。これ以上、対象者を増やすな」

「仮に……仮によ？　式部省と兵部省の名簿を見終わっても、まだ名簿の管理してる部署はいくらでもあるわよ。雅楽寮《ががくりょう》じゃ楽人《がくじん》の管理してるし、玄蕃寮《げんばりょう》じゃ寺院僧尼も記録してるし、中務省《なかつかさしょう》なんて宮中の人事やってんのよ？　まぁこうなると、京の人間全部調べる方向に行っちゃうけどね」

「あぁー……一気にやる気が失《う》せたわ」

香散見は大の字になって寝転ぶと、やる気なさげに冊子を枕にしてしまう。

「確かにキリがないな。もっと別の方向から攻めるか……」

「そろそろ、見張りに行った方がいいんじゃないか？」

寝転がったままで香散見が言う。もうじき丑《うし》三刻だ。音を立てて冊子を閉じると、榁は立ちあがる。

「香散見、御所を頼めるか。凜々様になにかあってはいけない」

「よし、わかった」

「榁ちゃんとあたしは、大内裏かしらね」

雪晃は顔を上げて「私は守麗殿で、姫様と名簿を眺めていましょう」と言う。

「妾も行く！」

「だめだ！」と厳しく叱りつけた楹の声に、白妙は不満そうだった。

「姫様、私とここで名簿を見ていましょう。大事な仕事ですよ」

「……むぅ」

「雪晃、白妙を頼む。俺は……雅楽寮に行ってみるか。まだ出てないんだろう？」

「あたしは大歌所《おおうたどころ》にしようかしらね。お姫様なら雅なところ、好きでしょ」

＊

夜の内裏は闇に包まれ、刺すような冷たさの風が吹く。怨霊対策にと各所に灯りが掲げられているが、足下までは照らせない。楹はいざという時の為の松明《たいまつ》を一瞥《いちべつ》し、周囲を見やった。大内裏の端にある雅楽寮には、大内裏内の警備を担当する衛門府の者が二人と、陰陽寮の人間が一人。どちらも毎夜駆り出されては、怨霊に振り回されているのだろう。随分と疲労の色が濃い。合流した楹が鬼であることに気づき、大いに驚かれた。楹が苦笑しながら花袋を取り出すと、三人は大いに安堵した様子だった。

「此度の花守に鬼がいるらしいと噂で聞いておりましたが、あなた様でございましたか。花守まで動かれているとは……いよいよ、ただごとではないですね」

「即位式が近いですから。間違っても主上の御名に傷が付くようなことがあってはならない。我々花守も助力せよと、主上からの命でございます」

「なるほど。いやはや、花守がいらっしゃるなら心強いというもの」

衛門府の男は、大きな身体を揺らして笑う。

「ところでどなたか、怨霊の姿を見た方はいらっしゃいませぬか？」

樒が聞くと、男たちは唸って首を振る。

「美しい姫君であったとか、恐ろしい獣のようであったとか……いろいろと噂は聞き及びますが、私は運が良いのか、出会ったことはございませぬ」

「拙者も見ておりませぬ。同僚の話ですと、現れてもこちらに気付くと、すぐに消えてしまうとか。こっそりと様子を窺《うかが》うと、あたりを見渡しなにかを捜していると」

「我が陰陽寮の人間も、幾人か遭遇したのですが……呪を唱える暇もなかったそうだ。とにかく、あっという間に走り去り、追いかけても姿がない」

なるほどと樒は嘆息する。どの部署も実態は摑めず、苦労を強いられているらしい。唸っていると、衛門府の男が声を潜めた。

「とにかく『しょういち』でございましょう？　余程、姫君に恨まれておいでなのか」

「各省で『しょういち』捜しに躍起になっておるとも聞きますよ。そういう名の者も幾人かおるらしいのですが、いらぬ容疑をかけられてはたまらないと、名を偽る者まで出ておるとか」

「正直に名乗り出て欲しいものですな。そのうち偽名を使った罪で『しょういち』なる男が見つけ出されて、罰せられてもたまらない」

「それはよろしくない。主上が望むことではないですからね」

櫁は眉間の皺を指で押さえる。それだけは避けねばならない事態だ。そうこうしているうちに、二刻ほど経った。櫁は松明に火を点《つ》けると、雅楽寮の入り口を照らす。

「どれ……寮を覗いてみましょう」

大の男三人は「お願いします」と櫁の背から、恐る恐る中を覗く。奥を照らし、左右と天井をざっと眺めてみたが、怨霊らしき姫君の姿はなかった。出会いたくはなかったようで、衛門府の男はほっと息をつく。

「――おりませぬな」

「怨霊は毎夜出るのですか？」

櫁が問うと、陰陽寮の男は頷いた。

「ほぼ毎夜でございますよ。一日と空いていないはず」

「ふむ。なら今夜は別の場所に――」

その時だった。随分と遠かったが北の方角から、騒ぐ声が聞こえた。やがて雅楽寮の周囲を警戒していた者たちが、松明を手に走って行く。ついに出たかと、榕も後に続いた。衛門府の武士たちが囲んでいたのは、大蔵だった。藤艶が待機していた大歌所のすぐ隣。すでに大蔵の中には幾人かが入り、各々が松明で照らしている。その中に長い髪の男を見つけて、榕は叫んだ。

「藤艶！」

藤艶はこちらを見つけると、すぐに駆け寄ってきた。

「大蔵に出たのか？」

「——そうよ。宿直《とのい》の連中が叫ぶから、もう、柄にもなく必死に走っちゃったわ」

「もう消えたか？」

「あっという間だったわ。でも一瞬だけ見たわよ、あたし」

「本当か!?」

「ちょっと守麗殿に戻りましょ。一晩にそう何度も出ないらしいからさ」

＊

「藤艶！　怨霊を見たって本当か!?」

守麗殿へ戻り、一言報告するなり香散見が摑みかかってくる。

「ちょっと……っ。落ち着いて香散見ちゃん……窒息しちゃう……っ」

「美人か？　美人か⁉　色白か？　髪は綺麗か⁉」

「藤艶、どんなだった？　早く教えるのだ！」

香散見と白妙に絡まれている藤艶の首根っこを引っ張り、無理矢理円座に座らせる。

すかさず雪晃が差し出してくる水を受け取って、ようやく藤艶は息をついた。

「一瞬だけ……ほんとに一瞬だけどね。薄桜の唐衣には蝶《ちょう》の模様……だったような。単は白だったわね。年は十五、六ってところかしら。髪を結い上げていてね、簪《かんざし》がきらびやかなのよ」

「よく見てんじゃねぇか」

「あたしが駆けつけた時は、なにか捜してたわよやっぱり。白い肌の可愛い～女の子。伏し目がちで儚《はかな》げな……蛍みたいな雰囲気だったわ。綺麗な紅《べに》さしてね」

「いいなぁ～私も早く拝みたいわ」

「でもこっちに気が付いた途端に、くわーっとお口が耳まで裂けて、髪の毛が逆立ったわよ。牙がずらずらーと並んだ口でがぶーって嚙まれようものなら、もう死ぬわ。とにかく姫君の幽霊というか、あれは化け物よ。まあ、怨霊って表現は正しいかもね。ちなみに、話は通じそうになかったわよ。奥へ逃げたから追ったけど……姿はなかったわ。あるのは米俵のみ……美しくないわぁ」

「お口が耳まで裂けるのかー。なかなかの美人だな」

「そうよ。香散見ちゃんでも口説けるか怪しいわね」

何故かわくわくと顔を輝かせる香散見は放って、槢は藤艶を見やる。

「身元がわかるような特徴は……唐衣くらいか。薄桜の唐衣には蝶の模様……どこかで見たような気がするんだが」

「そうなのよ。あたしもそんな気がするんだけど……思い出せないのよね」

香散見に視線を送るも、首を振る。雪晃と白妙は覚えがないらしい。

お手上げとばかりに、香散見はその場に寝転んでしまう。

「今夜はもう出ないいんじゃないか？　わからんけど」

「ほんとわかんないわね……さっぱり動向がわかんない。理由があって出たり消えたりしてるもんだと思ってたけど……まさか無計画で無意味？　その時の気分で出てるのかしら？　そもそも『しょういち』なんか捜してないとか」

「勘弁してくれよな！　どんだけ名簿調べてんだと思ってんだよ！」

山積みの名簿を投げ出しそうな勢いで、香散見は叫ぶ。

「あたしに怒らないでよ」

「しかし大蔵にまで出たとなると、怨霊はどこに誰がいるか、わからないんだろうな」

至極冷静に口を開く榣に、藤艶はぽんと手を打った。

「あぁ、そうよね。手当たり次第捜してる感じだったものね」

「他に怨霊が出てないところってどこだ？」

「……大内裏もいくつか残ってるけど、内裏は御所に出たっきりか……」

新人の花守が各々唸る。即位式は明後日。動けるのは明日だけだった。調査方針に決定的な根拠がないので、行動が決まらない。すでに夜が明けそうな時刻である。

「仕方ない。少し仮眠をとってから、明日は名簿から拾い上げた『しょういち』を訪ねてみよう。夜になったらまた見張りだ。今はできることがこれしかない」

「……そうね。とりあえず今は頭が働かないわ。少し寝ましょ」

さすがに疲れたと、藤艶があくびをする。にも拘《かかわ》らず、白妙は元気に立ちあがる。

「明日は皆、内裏の外か？　妾も行きたい！」

「即位前の姫君を連れて、大内裏を練り歩けと言うのか？　危険だ。邪魔だ。足手まといだ」

これは容認できないと、榣がにべもなく却下した。

「香散見～……榣がひどいこと言う……」

よしよしと、香散見が白妙の頭を撫で「もうちょっと言い方があるよなぁ」と慰めな」

る。直後、なにやら含んだ笑みを浮かべたのは、気のせいだろうか。

「私が御所まで送るから、今夜は大人しく寝ようぜ」

そう言って香散見は、白妙の手を引いて部屋を出て行ってしまう。

「……あいつ、なにか企《たくら》んでるんじゃないのか」

「聞き出せばよかったじゃない」

「聞いて言うようなやつか、香散見は」

「まぁね……それにしても榣ちゃん。白妙ちゃんをべったべたに甘やかすかと思ったけど、頑張るじゃないの」

榣は一拍黙ってから、苦しげに顔を歪《ゆが》めた。

「あいつは二日後には王になる。今はまだ国政にはほとんど関われないが、即位すればそうはいかない。今日のように、花守とべったり行動を共にしているわけにもいかないだろう。おまけに危険だとわかっているのに、連れて歩けるか」

「そうは言うけどね。ほんとはいっしょにいたいんでしょう？　可愛い可愛いって側に置いときたいのにねぇ。部屋中に姫様の品物置いてたくらいだし」

「う、うるさいな。とにかく子供の時のようにはいかない。公私は分けるべきだろう」

そう言ったにも拘らず、藤艶は腕を組んでにやにやと笑う。雪晃も名簿から顔を上げて、穏やかに笑んでいた。

「……雪晃、違うのか？」

「花守に正解はありませんよ」

「それでも、時と場合に応じて厳しくすべきだ」

「それもまた、間違いではないでしょうね」

まるで謎かけだ。疲労困憊《こんぱい》の頭では言葉も出てこない。難しい顔で黙った樒の背中を、雪晃は軽く叩く。

「今夜はもう休みなさい。叙位に名簿調査に怨霊の追跡にと、大変でしたね。明日になったらまた、新しい展開がありますよ」

＊

確かに雪晃の言うとおり、翌朝には新たな展開が待っていた。四年ぶりに守麗殿で過ごすことになったが、花守は塗籠《ぬりごめ》ではなく対屋《たいのや》を与えられた。請えば女房を置き、世話を頼むこともできるが、雪晃や先代の花守はそれをしていなかった。自分の世話は自分でする、それが通例なのだと思っていたので、樒も女房を頼むことはしなかったのだ。藤艶と香散見も同様で、それぞれの対屋で一人で過ごしている。そう思っていたのだが、朝一番に香散見が一人の子供を連れてきたのだ。

「しばらく守麗殿に出仕することになった、瑞希《みずき》だ。よろしくな」

そう言って、萌黄色《もえぎいろ》の水干姿の童《わらわ》の頭を下げさせる。

「あら、可愛いじゃない。殿上童《てんじょうわらわ》ってやつよね。櫁ちゃん知ってるでしょ？」

「元服前の公卿の子供が、作法見習いの為に出仕するやつだろ」

言って櫁の目はじっと子供を注視する。子供も子供で、櫁の目から逃れるように香散見の背に隠れたりするのだが。残念ながら、櫁には子供の顔に見覚えがあった。今から六年前、桜春国と侊欖国《こうらんこく》の国境で餓死寸前だった櫁を拾った子供も確か、同じ顔で水干を着ていたのだ。香散見の肩を摑み、櫁は剣呑《けんのん》な雰囲気で青い顔を近づける。

「……香散見、年頃の姫になんてことしてるんだ」

「あ、ばれた？　だって可愛いだろ？　朝から支度して大変だったんだって……いててて」

「そう怒るな櫁。よい作戦だと思わぬか？　これなら内裏の外を出歩いても、誰も妾だと気付かぬぞ」

殿上童に扮《ふん》した白妙は櫁の袖を引いて、必死に訴える。

「即位前とはいえ仮にも王を……一応年頃の姫を……男に扮装させて人前にさらすなど、戯れが過ぎる！　前代未聞だ！　見たことも聞いたこともない！」

しかし白妙は無言で香散見を指さした。

「あれは捨て置いてけっこう」

「ひっどい。うちの筆頭がひっどいこと言ってる」

香散見の指摘も耳に入れず、櫁は断固として首を縦に振らない。

「櫁、頼む！　いつも安全なところにいるばかりではいやなのだ。妾の国ぞ？　国の真実も知らずに玉座に収まるつもりはない。自分の目で確かめたいのだ」

「国の真実なら、我々花守や官吏が書面にして届ける」

「櫁、それではだめなのだ！　あの時……おまえを拾った時も、国境に視察に行きたいと言った妾を、楼師も官吏も皆が止めた。一国の姫が見るものではないと。人がすべてを奪い合い、病に冒され、死に、腐っていく場所だと」

「その通りだ。あんなの、おまえが見るべきじゃない」

「いや、妾は知らねばならないと思ったのだ。もし事態が深刻で、母上が……薪にならねばならないとしたら……妾はなにも知らないままでおるのは、いけないと思ったのだ。春王の娘として、見て見ぬ振りはできん。何故、母上が薪になるのかを、知っておかねばならんと思ったからだ」

「………」

「櫁、妾の目から……妾が薪にならねばならぬかもしれん事実を隠すのか？　なにも知らぬまま、妾に薪になれと言うのか？」

　白妙の言葉に、榣は息を呑む。一瞬、手燭を掲げたくなった自分がいた。しかしむざむざと白妙を薪にするつもりなど、毛頭ない。できれば国を安寧に導き、はじまりの火も揺らがず、天寿を全うして欲しい。その為にはどんな犠牲も厭わず、国難に立ち向かうことをすでに覚悟している。しかし、国の暗部を白妙に隠さず知らせるべきかどうかは、考えていなかった。即位してからも、知らなくていい事実も当然あるだろう。花守は決して、華やかな官位ではない。白妙の知らないところで、主上の為にと非道な行為をすることもあるだろう。だが新たな主上は、その全てを知りたいと言っているのだ。

「妾はあの時、視察に行ってよかったと思っておるぞ。官吏が隠す、国の真実を見た。それにおまえと会えたのだからな。稀なる小鬼を拾えたことが、妾の幸運よ」

　押し黙る榣を見かねて、藤艶はひょうひょうと口を開く。

「榣ちゃん、もうちょっと柔軟に考えてごらんなさいよ。だめって言ったところで付いてくるわよ、このお姫様。だったら手元に置いておきなさいな。その方が安心よ」

　ちらりと見やると、香散見もそうだと言わんばかりに頷いていた。

　雪晃は――。榣の視線に気付き、白妙は小さく笑った。

「視察に行きたいと言う妾を、雪晃は止めなかった。母上と雪晃だけが、賛成してくれたのだ」

つまりそれが、雪晃が花守として出した答えの一つだったのか。櫁は一つ息を吐いて、白い髪をくしゃりとかき上げた。

「遊びではないんだぞ。姫とも主上とも扱わない」

「当然だ」

「なら、俺とこい。近衛府の少将、中原正市のところへ行くぞ」

「わかった！」

飛び跳ねる白妙を眺め、がっくりと項垂れる。公私混同はしないと決めていたはずが、早くも瓦解した。その様子を見て、藤艶も香散見もにやにやと笑うのだ。

「私情が勝ったわね、櫁ちゃん。最初から公に徹しきれないのは、わかってたわよ」

「いいんだよ、これで。これがうちのやり方だろ」

雪晃もなにも言わず、心得たように頷くのだ。ばつが悪いまま、櫁は他の花守に視線を流す。

「こっちも『しょういち』を訪ねてみるわよ。あたしは治部省《じぶしょう》」

「私は民部省《みんぶしょう》へ行ってくる。なんかわかればいいけどな」

「なら昼に一度、守麗殿で合流しよう」

＊

白妙が――瑞希が内裏の外へ出ることは稀だった。数年前の視察の時のように、官吏の反対を押し切るか、周囲の目を盗んで抜け出すほかない。さすがに内裏からは一人で飛び出すようなことはしなかったので、各省で働く官吏から話を聞くなどはじめてだ。櫁の袖を終始摑み、あれはなんだ？　なにをしているんだ？　と尋ねてくる。

知識として知っているだけ、というのも不便なものだ。

「……思ってたより、おまえはなにも知らないんだな」

「勉強はしておる。この省はなにを司《つかさど》っているか、などな。楼師からたたき込まれておるが、聞くと見るとでは大違いだ」

「なるほど」

「なぁ、しぃ」

「櫁」

「櫁、その『しょういち』の少将はなにをしている者なのだ？」

「近衛府は内裏の警衛《けいえい》や行幸《ぎょうこう》の際の供をする。中原正市は左近衛府少将《さこんえのしょうしょう》。殿上人だ」

「清涼殿へも上がれるのか。会ったことがあるやもしれぬな。なのに浮気とは……」

「香散見が言ってた話は忘れてくれ」

樒は嘆息する。内裏から左近衛府までは遠くない。近くまでやってくると、武官が左近衛府から何人か出てくる。樒はその一人をつかまえた。

「花守だ。少将はどちらにおられる？」

いきなり現れた鬼の姿に色めき立ったものの、銀の花袋を見せられた武官は「ああ」と納得する。

「花守殿も『しょういち』を調べているのですか？　例の怨霊騒ぎの。少将なら今は奥で休まれているはずです。呼んで来ましょう」

そう言って武官は近衛府の奥へと消えていく。やがて現れたのは、どこかのんびりとした武官だった。上背はあるが目尻は下がっていて、虫一匹も殺せないような印象だった。樒は視線を合わせると、毅然と名乗る。

「花守筆頭、樒と申します」

「鬼の筆頭殿ですか。昨日、花守を拝命されたという。私は左近衛府少将、中原です」

「中原正市殿ですね？」

『しょういち』を強調すると、少将ははぁと苦笑する。

「例の怨霊の件ですか？」

「ええ、なにかご存じのことはないかと」

「弾正台からも先ほど、人がやってきましたよ。その方にもお答えしたのですが、私にはとても、怨霊と関わりがあるような事情はありません」

「薄桜に蝶の模様のある唐衣の姫君をご存じないか？　警護をしたことは？」

「薄桜の？　う～ん……そのような方を警護したことなどは……ございませんね」

「ぶしつけで失礼だが、どこかに想う姫君がおありとか？」

「とんでもない。独り身ではありますが、想う方などおりませぬ。どこかの姫君から捜されたり、恨まれたりなど……あろうはずもございません……と思います」

「ふむ、仮に恨みを買っていても、気付かぬこともありましょうからな」

「いえ、女性とは無縁な生活でございます。怨霊と親類……ということもないかと」

少将は眉尻を下げ、心底困った顔をする。嘘を言っているようには見えない。ならば本人が気付いていないだけで、一方的に怨霊が見知っているのだろうか？

「女、という括りではどうですか？　老若問わず」

「女、ですか？　う～んう～ん……あ」

「心当たりが？」

「いや……いやいや。これは違います、違いますよ。やはり心当たりはございません」

違和感はあった。だが彼はこれ以上の情報はないと、控えめに言い切った。樒は油断なく目を光らせながら、少将に礼を言って別れる。もう少し周囲を探ってみてもいいだろう。その間、じっと会話を聞いていた瑞希は樒の青い目を見上げた。

「とても浮気をするようには見えぬな」

「浮気の話は忘れろって。だが、少なくとも嘘は言ってないように思う」

「しかし、最後のが気になる。なにかを隠しているのでは？」

「そうだな。少将の周囲をもう少し探ってみよう。隠し事も気になるが、本人の知らないところで、動きがあるのかもしれない。完全にシロだという根拠が欲しい」

「ほほぉ」

「最悪、身柄を拘束して、怨霊に差し出してみようか」

「……ひどいことを言うな、樒よ」

「冗談だ」

笑いもせず言うと、先ほどつかまえた武官が周囲を気にしながらやってきた。

「花守殿……ちょっとお耳に入れたいことが。少将のことですが……最近、妙にこそこそと、どこかへ消えることがございまして」

「少将殿が？」

「はい。人の目を盗んで、どこかへ行ってしまうのでございます。朝と夕と二回ほど。

なにかを隠し持って……。嬉しそうに帰ってくる日もあれば、残念そうな時もあり……あれはなんだろうと、同僚と話しておりました。聞いても教えてくれんのです」

「確かに……気になりますね」

「私、弾正台の官吏は嫌いでしてね。弾正台には申しませんでしたが、花守殿ならよいようにしてくれるのではないかと。少将は良いお方ですよ。真面目で優しい。とても人から恨まれる方ではない。あの方の無実を証明していただきたいのです」

「なるほど。ありがとうございます。主上にもお伝えしておきましょう」

にこやかに対応する榴の隣で、瑞希は唇を引き結んだ。期待を裏切ってはいけない、国の民を失望させてはいけないと、改めて心に誓うように。その心中を察して、榴は大きな手を瑞希の頭に置いた。どうやら少将の朝の用事はまだらしいと、武官から聞いた。榴と瑞希が建物の陰に隠れて待ち伏せていると、間もなく少将が姿を現した。確かにきょろきょろとあたりを見回して、人の目を気にしている。やがて人気がなくなると、小走りに内教坊《ないきょうぼう》の方へと向かう。

「あそこは内教坊か……」

「確か……宮中の舞や楽を練習するところだったな」

「そうだ。基本的に舞姫——女性しかいないはず」

「まさか、本当に浮気をしておるのか？」

はっと樒と瑞希は顔を見合わせた。少将は自分に女の影はないと言った。しかし内教坊に用があるとするならば、その言葉は嘘ではないか？　あの人の好《よ》さそうな少将は自分たちを謀《たばか》ったのだろうか。二人は足音を忍ばせ、少将の後を追い油断なく身を潜ませる。やがて少将は、あちらこちらでなにかを捜し、時に名を呼んでいるようだった。懐になにかを隠しているのか、大事そうに何度も確認して。

「誰かを呼んでおるな。浮気相手の舞姫かもしれぬぞ。文《ふみ》を隠しておるのだ」

「浮気と決まったわけじゃないだろうが。そもそも、浮気するなら本命がいなくちゃならんだろう」

「殿上人なら貴族の姫と恋仲になることもあろう。怨霊よ、さぞ無念であったろうな」

「ちょっとおまえ、静かにしていろ。勝手に浮気だと決めつけるな」

むっと黙る瑞希を押しやり、樒は耳を澄ませる。どうやら少将は「きはだ」と呼んでいるらしい。

「やはり女子《おなご》の名前ではないか。妾に嘘をついていたということになる」

「そうだな。あと、『妾』はやめろ」

「よし、わ……僕が問い詰めてやる」

「待て。大人しくしてろ……っ」

今にも駆け出していきそうな瑞希を抱きとめている間にも、少将はふらふらとあたりを彷徨い、がっくりと肩を落としている。捜し人は現れなかったのか、諦めた風にとぼとぼと近衛府への帰路を辿る。

「樒よ、問いただすなら今ぞ！　殿上童の僕にならともかく、花守に嘘を吐くなど言語道断！　おまえが行かぬなら、僕が……っ」

「わかった！　わかったから俺が行く！　なんでおまえがそんなに怒るんだ！」

「しぃが侮られたのだぞ！　鬼だからと軽んじたのかもしれん。しぃへの侮辱は妾への侮辱……ぶふ！」

「いろいろ黙ってろ！」

慌てて瑞希の口を塞ぎつつ、樒は少将の行く手を阻むように躍り出た。

「少将殿、もう少し話を伺ってもよろしいか？　どなたかをお捜しで？」

樒が現れたことにより、少将の顔色がさっと変わった。

「筆頭殿!?　ち、違うのです。先ほど申し上げたことが全てで……っ」

「内教坊へ何用ですか？　どなたかをお呼びだったようですが」

「本当に違うのです……女性と会おうなどと……いえ、女は女なのですが……」

どうにも歯切れが悪い。堪《たま》りかねた瑞希は樒の腕から抜け出すと、少将の袍に飛びついた。

「なにを隠しておる！　観念せい！　舞姫宛の文であろう！」

「あ……っ！　ここには文などございま……っ！」

言葉が終わらぬ内に、少将の懐から、なにかがばらばらとこぼれ落ちた。明らかに文とは違うそれを瑞希は一つ拾い、しげしげと眺める。干した鰯《いわし》だった。

がっくりとその場に膝を突き、観念したのか少将はぽつりとこぼす。

「……ね、猫にエサをやっておりました」

「猫？」」

榕と瑞希の声が揃う。

「はぁ。最近……この辺りに猫が通ってくるのです。京からきたのか、誰かの飼い猫なのか知りませぬが、黄色い毛の猫が腹を空《す》かして、ふらふらと。少々そっけないのですが、そこがまた可愛いものでして。勝手に『きはだ』と名付けております」

「……その猫は雌なのか？」

「はい。女には違いなく……花守殿に誤解を与えてしまったようで……申し訳ない」

鰯をくんくんと嗅ぎながら、瑞希は眉根を寄せた。

「猫にエサなど、堂々とやったらいいではないか」

「いいえ。それがそうもいかず……。大内裏内で獣にエサをやるべからず、と弾正台からお達しがきておるのです。大内裏の風紀が乱れると」

「まぁ、糞《ふん》や尿などもしようからな」

榕は散らばった鰯を集めて、少将へ差し出す。

「花守には、猫へのエサやりを取り締まる役目はない。少将、疑って悪かった」

「いえ、私も正直に申し上げればようございました。お騒がせをしました」

「弾正台には報告しない。安心されよ」

そう言うと、少将は嬉しそうに懐に鰯を入れるのだった。

＊

近衛府の少将には疑う要素はなしと判じ、一度守麗殿へ戻ることにする。その道すがら、瑞希は榕の袖を摑みながら、少し後ろをとぼとぼと元気なく歩くのだ。

「どうした」

「僕は、なんの役にも立たなかったな」

「その目で見たじゃないか。近衛府の少将は猫を大事に思う優しい御仁《ごじん》だと。そういう市井の事実を知りたかったんだろう？」

「うむ。でもな、僕は誤解してしまった。少将を疑ったのだぞ。僕の目は真実を見抜けなかった」

「それなら俺もそうだ。そもそもはじめから全部、完璧にやるだなんて無理なんだ。俺も花守としての仕事ははじめてだし、おまえだって殿上童として官吏と話すのははじめてなんだ。いきなり上手《うま》くいくか」

「そうか？」

「吉乃様だって雪晃だって、はじめての時は、失敗もしただろう。俺も花守として、おまえも王として……素人なんだからな。失敗を無駄にせず、そこから学べばいい。それができないのは、ただの無能だ」

「僕は頑張るぞ。母上のように、慈愛に溢《あふ》れた優しい王になりたいのだ」

「俺だって……雪晃のように、なにごともそつなくできる花守になりたい」

「……お互い、これからだな」

「そうだ。これからだ」

「……僕を置いて、先に行くな」

「行かないよ」

珍しく、榁の瞳が細められた。笑っているように見えて、瑞希は嬉しかった。この白鬼は、笑うということを滅多にしない。自分だけに向けてくれる特別な宝物に思えて、榁の袖をさらにぎゅっと摑んだ。守麗殿にはすでに藤艶と香散見が戻っていた。その顔から察するに芳《かんば》しくなかったようである。

「樒ちゃんたちはどうだったのよ？　ってその顔はだめみたいね」

「不甲斐《ふがい》ない……」

しゅんと項垂れる瑞希を、藤艶は抱き締める。

「いいのいいの。仕方ないわよ～」

「俺たちは外れだ。近衛府の少将は怨霊とは関係ない」

「あたしも空振り。香散見ちゃんも収獲なしよね」

「おうよ。名簿から選び出した『しょういち』は全滅だ。あとはもう、過去の官吏を調べるしかないなぁ」

とはいうものの、やる気がないのか、香散見はその場にごろんと横になってしまう。

「でもねぇ、過去の官吏なんて何百年分あるのよ。即位式までに調べるなんて絶対に無理！」

ならと樒が唸る。

「怨霊の方を直接どうにかするしかないな。非業《ひごう》の死を遂げた姫君を捜してみるか」

「京の各家を訪ねて回る？　何百軒あるかしらね……」

「あまり現実的じゃないか。やはり怨霊が出てくるのを待ち伏せるしかないか」

「相手は怨霊よ？　神出鬼没なのに、見張るにしたって大内裏は広すぎるわ」

「呼ぶと来てくれればいいのにな。きらちゃん～ってさ」

寝転がったまま、香散見はけらけらと笑う。

「きらびやかだから、きらちゃん？　うっわ……あんた才能ないわねぇ」

「うるせぇ」

しかし樒は、そうかと呟く。

「……一理あるな」

「きらちゃん？」

「そうだ」

至極真面目な顔で頷く樒の額に、香散見は手をあてる。

「……大丈夫か、樒。忙しすぎて目が回ったか？」

「相手が神出鬼没なら、おびき寄せればいい。『ここにしょういちがいる』となった。こうなったら、むしろ俺が『しょういち』だと言わんばかりにだ」

「囮《おとり》になるって言うの？」

「そうだ。手っ取り早いだろう」

どっかりと座った香散見は、顎を指で撫でる。

「なるほどな。どこにする？」

「ある程度、立ち回れる場所がいい。できるだけ陰陽師を揃え、一度で解決したい」

「ぱっと消えられたら厄介だが……広さが必要なら花朝院《かちょういん》とか？」

「本気か？　怒られるぞ」

「妾が許すから怒られようがない」

それまで黙って聞いていた瑞希が、ここぞとばかりに声を上げる。

「陰陽寮からも人を借りよう。こうなれば、とことん追い詰めてみようではないか。ともかく怨霊に関する情報を集めねば事態は進まぬ」

「よしよし、姫様がその気ならいけそうだな」

「至急、八省に通達だ。今夜までに『しょういちは花朝院にいる』という噂を大内裏中に流すんだ」

＊

大内裏の西に花朝院という宮殿がある。主に国家的な饗宴《きようえん》を行う殿堂だ。正殿を花《か》朝殿《ちようでん》という。即位式は内裏の蒼宸殿で行うが、そのあとの宴会とも呼べる食事会は花朝殿で催される。数日前から豪奢《ごうしや》な調度品や宝物、多くの卓《たく》が運び込まれていたが、今は怨霊対策の為に急ぎ端に寄せられていた。怨霊が現れたならば、その場にいる花守が『しょういち』を名乗り、なんとかその場に留めて、陰陽師たちの呪で討伐する、そういう計画だった。花朝院には八つの堂があり、陰陽寮からそれぞれ人員を配置する。藤艶は東の堂に、香散見は西に、雪晃にも協力してもらい南に身を潜ませる。そして北の花朝殿には樒と瑞希が待機することになった。饗宴の為に正殿に設置された高御座《たかみくら》だけはどうしても動かせないらしく、この後ろに瑞希が身を潜める。

顔がわからぬように布を被り、下賜された太刀の柄に手を置いた樒は、高御座の前に座して待つ。調度品の陰では陰陽師たちが息を潜めていた。やがて時は、丑三刻(午前二時)。どこからともなく生温《なまぬる》い風が吹き、燭台の炎が揺れた。

きたか、と樒は腰を浮かせて目をこらす。鬼の目は人のそれよりも暗がりに強い。誰よりも早く、花朝殿の宝物を眺めて歩く姫君の姿を見つける。藤艶が言っていた通り、薄桜の唐衣には蝶の模様。長い髪を結い上げた少女だった。豪奢な簪をしゃらんと揺らせて、なにかを捜している。藤艶も言っていたが、樒にもどこか既視感があった。だが、この姫君とは初対面のはずである。違和感を覚えながらも、樒は左手を挙げた。それを合図に一斉に陰陽師たちが陰陽を滅する為の呪を唱えはじめた。

異変に気付いた怨霊は数歩後ずさり、今にも逃げようと踵を返す。だがそれよりも早く、樒が怨霊の目前に躍り出た。

「怨霊よ、俺が『しょういち』だ!」

言って、いつでも太刀を抜けるように、腰を低くする。

「しょういち……」

紅をさした小さな口が確かに動く。しかし槐の姿を見るなり、変貌した。黒い目は琥珀《こはく》の色に変わり、瞳孔が細長くなる。燭台の炎に照り返され、きらりと光った。口も裂け、鋭い犬歯が覗いている。髪に挿してあった簪もいつしか消えて、黒髪が金へと変化し、ぶわっと逆立ったのだ。目の前の槐を威嚇するように、鼻に皺を寄せて唸る。その間にもじりじりと陰陽師たちが取り囲み、札を手に呪文を繰り返す。しかしその効果は一向に現れず、怨霊が消える気配はなかった。それどころか槐を牽制《けんせい》しながらも、ちらちらと正殿を確認しているようだった。

「逃がすか！」

太刀を抜いて、槐が斬りかかる。怨霊相手に効くとは思っていなかったが、変貌したのは顔ばかりではなかった。怨霊の指から鋭い爪がはえ、槐の一撃を凌《しの》いだのだった。だが槐にとっては好機だった。相手には実態があり、太刀は有効だと気付いた。しかしもう一撃と太刀を振ろうとした瞬間、怨霊がなにかを見つけたように、視線を一箇所に留めたのである。高御座の後ろ、瑞希の存在だった。

迫り来る陰陽師や、太刀で斬りかかってくる槐よりも御しやすいと判断したのだろう、怨霊は正殿の天井に届くほどに跳躍し、一跳びで瑞希の眼前に降り立った。

「……しぃっ」

爪を振り上げる怨霊に、息を呑む瑞希の声が聞こえる。

「させるか！」

鬼の運動能力は人の二倍とも言われている。太刀を投げ捨て、床を蹴る。なによりも優先すべきは瑞希の安全だ。両腕で瑞希を抱え込むのと、怨霊が爪を振り下ろすのが同時だった。

「!!」

榕の腕から血しぶきが上がる。

「しぃ！」

正殿に瑞希の悲鳴が響き渡る。ここまでと思ったのか、怨霊が人波の隙を突いて跳躍する。驚くことに、更にその姿を変貌させたのだ。暗闇に消えていくのは、長い尾を引いて逃げ去る、黄金の毛を纏《まと》った大きな猫だった。

＊

「榕ちゃんが怪我《けが》したですって!?」

正殿の騒ぎを聞きつけ、各地に待機していた花守が集まってきたのはそれから間もなくのことだった。一通り大声をあげたものの、藤艶はてきぱきと榕の患部を検分する。鋭い爪の跡が三本、見事に皮膚を切り裂いていた。すぐに血を酒で洗い流し、清潔な布で強く巻く。出血の割にはそれほど深くないようだった。

「しぃ……大丈夫か？　妾を庇《かば》ったばかりに……すまん」

「おまえを守るのが花守の仕事だろう。怪我も大したことない」

青い顔の瑞希の頭を何度か撫でて、殊更ゆっくりと言ってやった。投げ捨てた榣の太刀を拾ってきた香散見は、憤然と腕を組む。

「うちの筆頭に怪我させるたぁ……とんだじゃじゃ馬だな。成敗してやる」

「なによ、香散見ちゃん。美人の姫君って喜んでたじゃない」

「女は淑《しと》やかなのにかぎるだろうが」

「あんたがそれ言う？」

軽口をたたき合う二人を見やりながら、雪晃が音もなく榣の隣に立った。

「榣、怨霊の姿は、しかと見ましたね？」

「……あれは幽霊や怨霊の類いじゃない。妖獣だ」

「妖獣？」

問い返した香散見に、榣は頷く。

「至急、招集をかけてくれ。陰陽寮と近衛府の代表を神祇官に呼んで欲しい」

連夜の怨霊騒ぎで夜といえども、大内裏は浮き足立っていた。榣の要請ですぐさま神祇官に人が集められる。一度、守麗殿へ寄っていた榣が到着するころには、陰陽《おんようの》頭《かみ》と、左右近衛府から左大将と右大将、花守、瑞希が集まっていた。

「あれは金華猫《きんかびょう》だ」

榣がそう切り出した。

「妖獣でしたか……。どうりで怨霊用の呪が効かぬわけですな」

陰陽頭が唸ると、藤艶は眉根を寄せた。

「でも妖獣は普通、俄欖国か国境……山奥くらいにしかいないわよね」

「俺は国境で何度か見たことがある。金華猫は黄金の毛を持つ猫だ。猫と言ってもそこら辺の猫よりは大きい。人や物に化けて獲物を喰らう」

「化けるのか？」

問う瑞希に答えるように、榣は懐から一枚の紙を取り出した。姿絵だ。儚げな姫君が目を伏せ、物思いにふけっている。薄桜の唐衣には蝶の模様があり、結い上げた髪には豪奢な簪が挿してあった。

「あ！　怨霊の姫！」

声を上げた瑞希に、藤艶は合点がいった風に頷く。

「思い出したわ……それ、京で流行ってた姿絵よね。町のあっちこっちに貼ってあって……榣ちゃん、あたしにくれたわよね」

「姿絵を売っている店の主人がいくつも俺にくれたんだ。俺は興味ないから、おまえにゃったんだが……一枚残ってた」

「えぇぇぇ、そうよね。あんた、姫様の姿絵しか興味な……ぶっ！」

鬼の速さで口を塞いで、榕は続ける。

「どこかでこれを見たんだろう。猫の姿より姫の方が大内裏で動きやすかったのかもしれないな。弾正台が犬や猫を厳しく取り締まっているようだから」

「でもなんで、大内裏をうろうろしてたんだ？」

「そもそも、最初に金華猫が現れたのはどこだ？」

「えーと……まず内膳司《ないぜんし》、次に大膳職《だいぜんしき》で大炊寮《おおいりょう》……」

懐から資料を持ち出して香散見が読み上げると、瑞希は手を打った。

「腹が減っておったのかの」

「そっか……食べ物探してたのか。ん？　でも『しょういち』を捜してたんだろ？」

腑《ふ》に落ちないと、香散見がぼやく。

「金華猫はな、光り物や見た目が華やかなものを好むんだ。それで、生涯でただ一つの財宝を求める。これが自分の財宝だと決めると、それを手に入れる為には手段を選ばない。普段は人なんか襲わないんだ。だが大内裏で『これぞ』という財宝を見つけたのかもしれない」

「その財宝が『しょういち』？　人じゃなかったってことかよ」

「おそらくな。しかし『しょういち』なんて財宝……聞いたことがない」

見回しても、誰もが渋い顔で押し黙る。しかし神祇官の官吏の一人が、遠慮がちに前へ出た。

「あの……我々は今、明日の即位式の為に準備をしているのです。内裏の宝物殿から蒼宸殿へ宝物を運んでいるのですが……その中に、主上が式で戴《いただ》く冠を一番厳重に管理していて、その宝物のことを、我々は『正一位《しょういちい》の宝物』と呼んでおりまして……」

「しょういちい……しょういちか！」

香散見が叫ぶと同時に、集まった者が一斉に唸る。厳しい顔の櫁は、官吏を見やる。

「今、その冠は？　いつ移動した？」

「宝物を移動させたのは一週間前。今は蒼宸殿にあります」

「怨霊が現れたのは一週間前……時期が合うわ。それで金華猫が探してたのね」

「すでに金華猫は宝物殿で、主上の冠を自らの宝と決めてしまったんだ。とはいえ、冠を金華猫にくれてやるわけにはいかん。相手が妖獣だとわかれば、方策は立てやすい。宝物が奪われる前に退治しなければ」

「なぁ櫁……なにも退治することはないのではないか？」

おずおずと、瑞希は櫁の袖を引く。

「かといって、黙って差し出すわけにもいくまい。冠は桜春国の宝重《ほうじゅう》だ。失うわけにいかない」

「そうだが……」

「明朝、日の出と同時にもう一度罠《わな》を仕掛けよう。金華猫が好む食い物と『正一位の宝物』をエサに蒼宸殿に追い込むぞ。必要なのは兵士の数だ。猫の子一匹たりとも逃さず、大内裏の端から蒼宸殿に追い込んでくれ。即位式前に終わらせるぞ」

＊

金華猫が夜にしか現れなかったのは、単に夜行性だったからだろう。相手が妖獣だとわかれば昼も夜も関係ない。大内裏中から兵士がかき集められ、大きな音や声を上げて獣を追い立てた。寮や蔵も見逃さず、人海戦術で推し進めていると、どこそこで金の獣が逃げた、そっちへ逃げたと伝令が走り出す。やがてその声は、蒼宸殿へ収束していく。いつもは見回りの武官が立ち並び、厳重に閉じられている蒼宸殿の扉は開け放たれていた。腹を空かせた金華猫が失った宝物を求め、這々《ほうほう》の体《てい》で現れたのは、間もなくのことだった。蒼宸殿の内部では太刀を手に、花守たちが待ち構える。そして、ことを見届けようと瑞希が、宝重である冠の傍らに控えた。散々追われた金華猫は、弱々しいながらも威嚇の姿勢を崩さない。

「……ここまでだ。観念しろ」

すらりと太刀を抜き、榣は低く告げる。

「しぃ……やはり殺すのはどうかと思う」

「このまま野に放しても、また冠を求めて戻ってくるぞ。次こそ人を襲うかもしれない。桜春の民が傷ついてもいいのか？」

厳しい口調の榣に、瑞希は押し黙る。

「殺すところを見たくないなら、殿から出ていろ」

言い放ち、太刀を振り上げる。最後の抵抗とばかりに金華猫は飛びかかってくるが、難なく首根っこを捕まえた。そのまま太刀を首元にあてると、

「しぃ！　やはりだめだ！」

声を上げ、瑞希が飛び出してくる。その手に冠を持って。

「瑞希！」

「金華猫よ、これが欲しいのだろう？　こんなものはな、また作ればいいのだ」

「下がっていろ、瑞希！」

「下がらぬ。よいか、この冠などただの物だ。形だけの王の権威よ。冠がなくとも、春王は妾だ。それは違わぬ。飾りがなければ王になれないのか？　飾りがあれば誰でも王になれるのか？　否《いな》だ。花守よ、違うか？」

毅然とした立ち姿、殿に朗々と響く声。王の威厳に相応しい姿に、榴は声を失った。仕えるべき主君であり、なにに代えても守りたかった存在。大学寮での四年間、ただ想い、信じ続けた姿。尊いと叫びたかった。桜春の貴色《きしょく》である青の手燭を灯して、頭上で振りたくなった。

問われた他の花守たちも、一瞬息を呑んだ。最初に薄く笑んだのは藤艶。

「……そうね、主上の意見にも一理あるわ。確かに飾られただけの主君に仕えるなんて、あたしはごめんよ」

「まぁな。冠を載せて有頂天になるような主上は、こっちから願い下げだ」

藤艶も香散見も、目元を緩めて小さく笑う。榴も一つ息を吐き、太刀を下げた。

「……蒼宸殿を血で汚すわけにはいかないいか」

その様子を、雪晃は穏やかに笑んで見守っていた。瑞希が冠を金華猫に差し出す。

「これはおまえにやろう。なに、また作ればよいのだ。桜春は貧乏だからな、新しい冠を作るとなれば、職人も張り切ろう。仕事が生まれて雇用も増える。いいことだらけではないか」

金華猫は冠に鼻先をつんとあてた。だがその直後、ふいっと顔を逸《そ》らせてしまうのだ。そしてじたばたと暴れて榴の腕から抜け出すと、冠が安置してあった祭壇に向かい、なにかを探し始めた。

「ん？　どうしたのだ？　冠がおまえの宝物ではないのか？」

首を傾げて金華猫を追う。すると金華猫の尻尾がぴんと上がった。ひげも上向きに張り、嬉しそうに傍らに置いてあった木箱に入る。まるで日だまりの中でくつろぐように、箱の中で丸くなり、嬉しそうに鼻を鳴らすのだ。

「……この箱はなんだ？」

「冠を保管していた箱じゃないかしら」

「なら、正一位の箱ってわけか」

「金華猫よ、おまえの宝物はこの箱なのか？」

瑞希が覗き込んでも、金華猫は逃げる気配もない。小さく笑って、櫁を振り返る。

「箱なら、金華猫にやっても問題なかろう。入れ物など、それこそまた作ればいい」

「……まぁ、そうだな」

意外な結末に、櫁はすっかり脱力して太刀を鞘《さや》にしまう。

「箱があれば暴れはしないだろう。怨霊事件は解決だ。この金華猫はしばらく守麗殿で預かろう。即位式が終わってから処遇を決めるか」

「野に放すのか？」

「……飼うつもりか？」

「清涼殿に置くのはどうだ。箱があれば大人しいのだろう？　それになぁ、少将殿がエサをあげていた猫はこの金華猫ではないのかの？」

「…………それもあとで考えよう。まずは即位式だ」

蒼宸殿の外で待っている左大将と右大将、それと神祇官に事情を説明し、急ぎ即位式の準備を進めなければいけない。あと数刻先には、白妙は春王となるのだから。

＊

桜春の官吏は有能だった。連日連夜の怨霊騒ぎで疲弊していたものの、即位式はつつがなく終えられた。青い衣に冠を戴き、誓詞を述べた白妙は美しかった。参列した者は誰もが、新しい春王に期待を抱いたに違いない。守麗殿に帰ったら、部屋中に青の手燭を並べ祝おうと、櫁は決めた。藤艶と香散見に嫌な顔をされようとも。

新しい王が誕生したと同時に、一人の花守が桜春国を去ることになる。花朝院の饗宴を抜け出し守麗殿に向かう雪晃に気付いて、櫁は慌ててあとを追いかけた。

守麗殿で雪晃が使っていた対屋は、いつのまにかすっかり片付いていた。あるのは、旅をする為の小さな荷物のみ。雪晃は花守としての束帯を脱ぎ、簡素な衣服に袖を通す。花袋と太刀を腰から外し、櫁に押し預けたのだ。

「雪晃……せめて明朝にしたらどうだ。白妙ももう少し雪晃といたいだろうに」

「姫様が即位するまで、との約束ですからね。もう少しもう少しと出立を延ばすのも未練がましいですから」

言って荷物を背負った。

「なぁ雪晃。俺たちは……花守として合格か？」

「花守の仕事に正解なんてありませんよ」

「でも……金華猫の件は、あれでよかったのかな」

「死傷者も出ず、無事に即位式を迎えられた。よかったと思いますよ」

「もし、冠を失うことになっても？」

「主上がそれでいいとおっしゃるなら、いいのでしょう。あなたも、いいと思ったでしょう？」

「うん……」

自信のない声で、槢が頷く。

「主上の望みを叶えることが、花守の使命ですよ」

言って雪晃は、空になった部屋を見回した。

「私はね、槢。吉乃様が薪にならなくてはいけないと悟った時、連れて逃げようかとも思いました。私がそう言い出したとて、他の花守も反対はしなかったでしょう。桜春が滅んだとしても、私は吉乃様の存在が大切だったから……。けれど吉乃様は自ら薪になると——逃げはしないとおっしゃいました。私にはもう、おかけする言葉が見つからなかった。その身が燃えて朽ちていくのを見届けながら……ただ安らかにと、泣きながら祈ることしかできなかった。私は決して有能な花守ではない。自分の判断が正しかったのか、わからないのですから。榴、あなたならどうします？　姫様が薪にならなければならないとわかった時、燃えていくのを見届けますか？　それとも、連れて逃げますか？」

「俺は……」

「花守は常に、この問いと戦い続けるのです。主上がおられなくなっても、自分が死んでいく、その時までね。私は自らに問いながら、旅に出るのです」

「雪晃……」

「あなたはあなたらしく、花守をやりなさい。後悔のないように。あなたは私の愛弟子で息子ですよ。自信を持ちなさい」

雪晃の言葉に、榴は小さく笑って頷いた。この先、雪晃の旅路に幸あれと願いながら。

内裏を出てしばらくののち、雪晃は京である噂を聞くことになる。内裏で怨霊を退治した鬼の花守の噂を。人々の間で桜春に白鬼ありと聞き、雪晃は誇らしく笑った。

第三話　華朝《かちょう》──鳥籠の鬼姫

「にもつ　ばけた　くるま　のった」

目の前の金華猫は、たどたどしくも人の言葉を話し出す。守麗殿《しゅれいでん》の樒《しきみ》の対屋では、居合わせた藤艶《ふじつや》と白妙《しろたえ》、それに凜々《りり》が『おお』とどよめくのだった。

「樒！　ちゃんとしゃべったぞ！　もっともっと！」

金華猫に人の言葉を話させる為、樒が文机《ふづくえ》に向かい、札に鬼の文字を書き呪をかけること数十回。ようやく片言を話させるに至った。部屋には失敗した札が散乱し、文机には精根尽きた樒が突っ伏していた。その背中に飛び乗り、白妙は「もっともっと」と催促するのだが。

「……俺にはこれが限界だ」

「鬼は不思議な術を使うのだろう。樒はもっと使えぬのか？」

「鬼の秘術は一子相伝《いっしそうでん》。あいにく、正式に教わったことがない」

「樒といっしょにいた鬼からはどうだ？　荷風《かふう》といったか」

「あれやこれやと聞きかじった気はするが、あまり真面目に聞いてなかったんだ」

必死に記憶の糸をたぐり寄せた結果が、この始末。本来なら流暢《りゅうちょう》に会話ができるはずなのだが。こんなことなら、もっと真剣に習っておくべきだった。

「とりあえず、この金華猫は桜春《おうしゅん》に入る荷車に、荷物に化けて乗ってきちゃったってことよね。それだけわかれば十分よ。群れを成して桜春に入り込んでたらどうしようかと思ってたけど、このコだけなら、まぁいいでしょ」

藤艶が言うと、頬を紅潮させた凜々がしずしずと榕を見上げてきた。御年六歳の凜々は、年の割には落ち着いていて、姉には似ずしっかり者だ。礼節をわきまえ、破天荒な行動はしない。桜春の姫君として、どこへ出しても恥ずかしくない才女だった。

「ありがとうございます。このような愛らしい猫を御所で飼ってもいいなんて」

「……いいえ、御所で飼ってもいいなどとは、一言も……」

しかし凜々は金華猫を抱き上げると、ぎゅうぎゅうと抱き締めるのだ。

「これから毎日いっしょですよ。姉上様が清涼殿《せいりょうでん》へ行ってしまわれるから、私、寂しかったの。私は凜々よ」

「りり　いっしょ」

「そうよ。いっしょの帳台で寝ましょうね」

「凜々様……猫の姿をしているとはいえ、一応妖獣ですので……」

「榣、妾からも頼む！　凜々はまだ六歳ぞ。それが妾と離れて暮らすことになる。できることはしてやりたいのだ。なぁ凜々、妾も御所にはよくよく足を運ぶからな」

「本当ですか、姉上様。こんなに嬉しいことがたくさん続いて、凜々は幸せです」

金華猫を取り巻いて、はしゃぐ姉妹を目の前に、榣はがっくりと肩を落とした。

「……くれぐれも御所からお出しになりませんように」

「はい、榣。ねぇ姉上様、名前を決めなければ。どうしましょう」

「凜々の好きに決めるがよいぞ」

「まぁ、なににしましょう？　きらきらの毛色だから『綺羅《きら》』？　ふわふわだから『なより』？」

脱力する榣の隣で、藤艶はふふふと笑う。

「負けたわね、榣ちゃん」

「……野に放すなど、この状況で言えるか。とりあえず箱があれば大丈夫のはずだ」

「念の為に、いくつか同じ箱を発注しといたわよ。御所中にたくさん置いておけば暴れることもないでしょう」

「そうだな」

やれやれと文机の惨状を片付け始めると、御簾《みす》を開けて香散見《かざみ》がやってきた。

「どうよ、筆頭。金華猫はぺらぺらとしゃべるようになったかい？」

「無理だ……片言が俺の限界だ」

「片言でもすごいじゃないか。ところで、主上《しゅじょう》、文が来てるよ。誰からだと思う？」

　言って香散見は、薄い黄色の文箱《ふばこ》を出した。

「雪晃《せっこう》ではないか？　あちこち旅をしている報告だろう」

「残念、外れ。ちょっと意外なところからだよ」

　文を取り出してくるりと裏返し、差出人の文字を白妙に見せる。

「侊櫰国《こうらんこく》の櫰王《らんおう》だ」

　侊櫰国は桜春の隣に位置する。黄山《こうざん》の頂に京を構える、鬼の国だ。世界の中心にある黄山はかつて龍神が降り立ち、はじまりの火を灯したという。桜春を含めた四国それぞれに火はあるが、侊櫰国から分け与えられたものだ。侊櫰の火こそ原初の火であり、それを守る侊櫰国が最も高貴な国で、龍の似姿である鬼もまた偉大なる一族であるという自負がある。火を守る法として最たるものが、他国への不可侵だ。武力をもって国境を渡ると、たちまち火が消え国が滅びる。特に事情がない限り、他国へ干渉しないことが不文律であるし、侊櫰国に至っては、ひどく排他的で他国の旅人や難民も滅多に受け入れないことで有名だった。よって、国交などないに等しい。その侊櫰国の王からの文とは、一体何事だろうか。

　さすがに緊張の面持ちで文を受け取ると、白妙はひどく丁寧に文を開く。一文字も見逃すまいと目を見開いて文を追った。その後ろでは、香散見が気楽に笑っている。

「太政大臣《だじょう》が青い顔してたぞ。早く内容を知りたがってる。国際問題になるんじゃないかってさ」

「祝辞じゃないかしらね。ほら、主上の即位の。あぁでも……侊欖からって」

「桜春の歴史の中で、侊欖から公式に即位の祝辞を賜ったことってないだろ。欖王と懇意にしていた春王《しゅんおう》も過去にいたかもしれないが、あくまで私的なものだろうしな」

不信感は募るばかりだ。二度三度と文を読み返した白妙が、ようやく顔を上げた。

「……高香京《こうかきょう》の宿に使者が来ているらしい。この文を持ってきた者だそうだが、花守《はなもり》に会いたいそうだ。あまり大仰にしたくないから、花守の個人的な客人として扱って欲しいと。で、失礼を承知だが守麗殿へ招いて欲しいと」

「主上ではなく花守に？　欖王がなんの用だ？」

不信感は増して不穏な香りまでする。樒は眉間に皺を寄せて花守を振り返った。藤艶は寒気を感じてぶるぶると身震いをする。

「なんなの一体……怖いわ」

「引き抜きじゃねぇの。私があまりに有能だから、侊欖の官吏になってくれとか」

「あんたが引き抜かれるなら、あたしは侊欖の後宮に入れるわよ」

「おお、違いねぇ」

軽口を叩く二人に、白妙はひらひらと文を掲げた。

「祝辞もあるぞ、一応。一文だけな」

「そんな、ついでみたいに。大体、先触れもなしに他国に来ておいて、招待しろって？　ぶしつけにも程があるわ。失礼なんてもんじゃないわよ」

「欖王の使者なら、清涼殿へお通しすべきではないだろうか」

「まぁ、それが普通よね」

榴と藤艶が唸るも、白妙は文を手にぴょんぴょんと飛び跳ねる。

「大仰にしたくないと書いてあるぞ。せっかくだ、妾もその使者とやらが見たい」

「なら、やっぱり守麗殿にお通しする？　祝辞も戴いているんだもの、主上も同席で」

「よし、私がその使者とやらを呼んでこよう。どこの宿だって？」

身軽に出掛ける香散見を見送ると、急な客をもてなす為に、榴と藤艶は守麗殿の寝殿を調えはじめた。

＊

「この度は、大変失礼な申し出であるにも拘《かかわ》らず、お招きくださり心より感謝いたします。侊欖国花守筆頭の暁月《あかつき》と申します。桜春国春王陛下のご即位、心より言祝《ことほ》ぎ申し上げ奉《たてまつ》ります」

香散見が連れてきた侊欖からの使者は、大きな身体を縮こめて、守麗殿の寝殿で叩頭した。侊欖国の花守の証たる花袋《かたい》——龍神に黄水晶——を傍らに置いて。六尺ある樒よりも一回り大きいだろうが、誠心誠意、頭を下げている様子はなにやら可愛らしくもあった。侊欖の使者というからには、鬼である。赤味を帯びた大きな角は、額に三本。錆色《さびいろ》の髪を撫で付け、さわやかな風体だった。使者に丁重に返礼し、桜春の花守もそれぞれに名を名乗り花袋を傍らに置き、白妙が同席することを許して欲しい旨を告げると、暁月は驚きながらも快諾した。

ぴりぴりと緊張の走る空気の中、樒はふと暁月の角を注視する。

「随分とご立派な角であらせられるな……豪気だが気品のある角だ。真摯なお人柄がうかがえる」

「これはありがたい。樒殿も滑らかで大変美しい角だ。白い角は吉兆《きっちょう》の証。龍神のご加護が厚い証拠ですな」

なにやら鬼同士で軽く談笑がはじまった。横目で見た香散見が、こそこそと藤艶に顔を寄せる。

「……なにあれ？」

「鬼にとって角は人格を表すそうよ。角を見れば人となりがわかるらしいけど。ま、鬼相手に会話に詰まったら、角を褒めとけばいいのよ」

小耳に挟みつつ、白妙は居住まいを正した。

「暁月殿はお一人でお越しか？　供もなく？」

「はい。大勢で押しかけてはご迷惑かと……国境を越えるだけでございますから、私一人で十分。あとこちらを奏上するようにと仰せつかっております。欅王紅鏡《こうきょう》様よりお預かりしました、即位の祝いの品にございます。どうぞお納めくださいませ」

暁月は持ってきた黒塗りの木箱を、そっと差し出す。榁が受け取り、白妙のそばまで持っていく。頷くのを確認してから、箱を静かに開けた。中には一振りの簪《かんざし》。燻《いぶ》した煙を閉じ込めたような黄色い石を、蝶の形に削ってあった。

「黄山で採れる煙水晶《けむりずいしょう》でございます。日を当てますと透明に輝き、微かに香りを放ちます。その香りは魔を打ち消すと言われており、欅では魔除けとして珍重されております。桜春は代々女王であらせられるので、お贈りするなら簪を、と」

「なんとも美しい石だの。貴重な玉《ぎょく》に見事な細工だ。春王が大変に喜んでいたと、お伝え願いたい」

「承知いたしました」

「さて、暁月殿は我が花守に用向きがおありだとか。妾も聞かせてもらってもよろしいかな」

「もちろんでございます。そして……重ね重ね、ご無礼をお許しいただきたい」

殊更に謝罪の言葉を口にして、暁月は更に頭を下げる。

「そちらにいらっしゃる樒殿を、我が侊欖国にお返しいただきたい」

「は？」

気の抜けた声を返したのは、樒だった。他の桜春の面々も目を見開いたが、いち早く冷静を取り戻したのも樒だった。

「俺は桜春の花守。主上のお側《そば》を離れるわけにいかない。暁月殿もよくご存じかと」

「はい、承知しております。しかし樒殿の戸籍は侊欖国にございます。桜春の官吏になるには、樒殿の戸籍を侊欖から桜春に移さねばなりません。しかし今現在、樒殿は侊欖の民。桜春の花守にはなり得ません」

「……俺に戸籍などあったのか。黄山の麓で適当に生まれ落ちたものと思っていた。親もいただろうが、国に届も出さず辺鄙《へんぴ》な村で死んだと聞かされていた。だから国からの支援を受けられず、国境で野垂れ死ぬ寸前だったんだ」

「樒の戸籍は、仮ではあるが桜春で用意しておる。戸籍が実在するのか、所在すらもわからなかったのでな。では、侊欖の戸籍を桜春に移していただきたい。その手続きにはなにが必要だ？」

榴を引き渡す気など、白妙には毛頭ない。敢《あ》えて厳しい口調で問いただすが、暁月は低頭したまま悩ましげに眉根を寄せる。

「……どちらにせよ、榴殿には一度侊櫁へお戻りいただきたい。榴殿の御身をやんごとなき事情が取り巻いておりますゆえ……」

「この場で詳しく聞いてもよろしいか？」

白妙の問いに、無論と返す。

「榴殿のご両親はすでに亡くなられております。これは事実です。お父上はかつての侊櫁国右大臣でございました。今から二十年ほど前、朝廷は左右大臣間の権力争いが苛烈でございました。太政大臣の座をめぐって、暗殺、毒殺、賄賂も横行するほど。そんな折、右大臣家に嫡男がお生まれになったのです。なにごともなければ、右大臣家を継ぎ一族は安泰となるはずでした。しかし左大臣家が黙って見過ごすはずもなく、幾度となくご嫡男はお命を狙われ……このまま権力争いに巻き込まれるよりはと、右大臣は乳兄弟の男にお子様を預け、京から出るようにとお命じになったのです」

暁月は顔を上げると、榴の顔を真正面から見据えた。

「男の名は荷風。ご嫡男は珍しい白鬼でございました」

「……白鬼など他にもいるだろう」

「十九年前に行方がしれなくなった白鬼はお一人だけです。榴殿は御年十九とか」

「……荷風が出奔した、その後はどうなったんだ？」

「右大臣と奥方は毒殺されました。そのまま左大臣が太政大臣へと上られるかと思いきや、右大臣毒殺の犯人は左大臣であると密告がありまして……左大臣は官位を剥奪《はくだつ》されました。その心労がたたり間もなくお亡くなりに。現在は、別の一族が左大臣を務めております。右大臣は……榕殿のお父上の弟君が継いでおられるのが現状でございます」

「あんた、貴族だったのねぇ」

藤艶は茶化すが、榕は興味もなさそうに視線を外す。

「知ったことか。大体、ここで俺が戻ってなんになる。未だに争いが続いているなら、いらぬ火種になるだけだ」

「争いは続いているのです……違う形で」

暁月は額に浮く脂汗を懐紙で拭き取り、ひたすらに頭を下げる。

「なにやら、暁月殿が心痛で倒れてしまいそうだの。他の花守もお連れした方が、いくらか気が休まりそうなものだが」

気を遣って白妙が声を掛けると、暁月は「いいえ」と首を振った。

「恍欖の花守は私だけにございます。私一人ですので、自動的に私が筆頭に」

さすがに香散見が声を上げた。

「一人!?　そんなわけあるか。代をまたぐわけでもなし、最低でも二人はいるはずだろう？」

「なら、今は欖王のそばに花守はいないってことなの？」

「それでも私が使者として立つべきだと、主上を説得して参ったのでございます。言葉にはされませぬが、主上の悲鳴を聞いた気がいたしましたので」

そう言われると、桜春の面々は黙るしかなかった。暁月は、どこか寂しそうに笑う。

「花守という官職は、権威はあっても実権はない。花守とは本来、誠心誠意主上を慮《おもんぱか》り、御身を守り、内なるお声に耳を傾ける。共に悩み喜び、生涯仕える。名誉な官職です。しかし名誉ではあるが、昇進はない。本当にただ名誉しかない官位です。その名誉も侊欖ではひどく軽いもの。侊欖では主上の存在があまりにも希薄なのです。いつ薪となり消えるかもわからない存在に、政治の実権など任せようはずもございません。それが、侊欖国の政綱でございます。飾りだけの王を守る花守になりたい者など、おりません。侊欖において花守は閑職なのです」

「……つまり、王は国を維持する薪としてだけの存在……ってことか」

呆然と呟く榣に、暁月は深く頷いた。もはや道具……それも消耗品の扱いだ。

「薪となる者がおれば、それでいいのです。主上に意志も自由もございません。主上など名ばかり。内裏《だいり》からも出られず、公卿《くぎょう》の政治の駒に成り果てるのみ。このような内状……他国へお話しするのもお恥ずかしい。しかし恥を承知でお聞き届け願いたい」

まるで侊欖の王と花守の慟哭《どうこく》を聞くようだった。白妙は頷いて、先を促した。

「申してみよ。何故に槠が戻らなければならないのか」

「先ほど、太政大臣が亡くなりました。その座に左右大臣のどちらかが上ることになりましょう。なにを出世の道具とするか……そこが問題となったのでございます。我が主上、紅鏡様は御年十五の女王。そろそろ王配を決めねばならぬお年頃……ここに左右大臣が目を付けました。主上のお相手にと、左大臣の嫡男が推薦されております。右大臣にもご子息はおいでですが、まだ元服前。このままいけば、左大臣家の嫡男――九霄《きゆうしよう》殿が婿入り、左大臣家の格が上がってやがて太政大臣へ。しかし……！」

激する直前、暁月は額を床に叩きつける勢いで頭を下げた。

「汚い言葉を使いますが、先に謝罪させていただきます」

「あ、ああ」

「九霄という男、見事な屑《くず》でございます！　世界中から男のだめな要素を掻き集めたかのような、生きる生ごみ！　学もなく、武術も三流以下。人望も人徳もございませんが、強慾《ごうよく》で矜恃《きようじ》だけは黄山よりも高い。京の娼館《しようかん》に日夜通うなど女癖も悪く、思い通りにならないと女官に当たり散らして怪我をさせる始末。あるのは家柄のみ。あのような男を主上の婿になど……私、憤死しそうでございます！　叶うならば角をへし折り、永遠に肥溜《こえだ》めに沈めたい！」

鬼の形相で罵倒する姿に、香散見はひひひと笑い出す。

「おぉおぉ、ボロクソだなぁ」

「樒殿は正当な右大臣家の血筋。本来であれば樒殿が王配になるべきお家柄なのです。九霄に対抗すべく、侊欖国右大臣家の跡取りとして名乗りを上げていただきたい」

「樒に入内《じゅだい》しろと申すか!?」

王や女王の伴侶となるべき者が、婚姻の儀を結ぶ為に内裏に入ることを、入内と言う。まさかの申し出に前のめりになる白妙の隣で、樒は冷ややかな表情を浮かべた。

「お断りします。同じ花守として同情はするが……それとこれとは話は別。勝手なことを申しますが、戸籍だけ移していただき、干渉しない方がよろしいかと」

確かに、花守としては主上には相応の相手と結ばれて欲しい。暁月の苦悩も理解できるが、樒がそこまでする義理はないように思えた。

「まぁでも、そこまで屑と言わしめる男の顔も見てみたいけどな」

「気が合うわね香散見ちゃん。そこはあたしも気になるところよ。でも、下手すりゃ侊欖国への内政干渉になりかねないわ」

「微妙だな。樒が親類縁者に会いに行くついでに戸籍を移してもらう……その際に屑男の縁談がだめになるくらいなら、いいんじゃね？」

「……櫨殿が現れ、しばらく立ち上がれないほどに九霄の鼻っ柱をへし折ってやれば、多少は大人しくなろうというもの。主上には申し上げておりませんが、その間に右大臣の嫡男が元服され、入内してくだされば万々歳かと……私は考えております」

「なるほどね。キツくお灸《きゅう》を据えて、その矜恃をばっきばきにへし折って入内を延期……できれば諦めて欲しいと。櫨ちゃんはあくまで目くらましの偽婿候補」

「……どちらにせよ、櫨殿の戸籍は右大臣が握っております。まずは右大臣を説得しなければ、桜春への戸籍の移動も叶わないかと」

櫨の眉間に深く皺が刻まれる。桜春の官吏として……花守として白妙の側にいる為には、戸籍は移動しておかなければならない。どちらにせよ、一度恍欖国へ行き、右大臣とは会わねばならないか。難しい顔をしている櫨に、藤艶はにやにやと笑う。

「櫨ちゃんだったらわかるでしょ？　暁月殿がどれだけ心を痛めてるか。ちょっと考えてみなさいよ。そんな屑男を白妙ちゃんのお相手にって、うちの左右大臣が縁者を連れてきたらさ」

妄想するまでもない。途端に櫨のこめかみに青筋が浮かんだ。

「心身共に追い詰めて、後宮から叩き出す」

「でしょ？」

追い打ちをかけるように、香散見も至極真面目な顔で頷くのだ。

「想像してみろよ、筆頭。そんな屑男が欖王と結婚したら……その屑が国父だ。优欖で最大の権力を持つんだぞ。今でさえ、うちと优欖の国境が荒れてるんだ。今以上に難民が桜春に押し寄せたら、貧乏な桜春の国庫なんてあっという間に傾いて……」

「……っ！　国が荒れ……火が……火が消える……っ！」

「そうだぜ、筆頭。これは国難なんだ。国難の芽は摘んでおかないとな」

「よし、摘もう！　优欖国へ行くぞ……っ！」

奮然と立ちあがる樒を見上げて、香散見はしてやったりとほくそ笑む。

「藤艶も香散見も、优欖に行ってみたいのだな」

「主上だって見てみたいでしょ？　招かれない限り、优欖国には入れないんだもの。いい機会だわ」

「観光に行くんじゃないぞ。あくまで知見を広める為の勉強でだな」

「妾も、同じ女王として見て見ぬ振りはしたくない。何故なら、いずれ妾にも降りかかる問題だからだ。欖王には、想う相手と結ばれて欲しい。ただ薪として生きるなど……妾には耐えられんし、孤独で辛すぎる……。樒、妾も优欖へ行き、欖王と話をしてみたいのだ。祝辞も簪もいただいた。その礼をせねばならん。なんら問題はない」

まだ見ぬ欖王を憂う尊さに、樒は胸が締め付けられる思いだった。自然とその場に膝を突くと、さらさらと白い髪を揺らして頭を下げる。

「承知しました、主上。至急、侊欖への旅程の手配をいたしましょう」

希望の光を見いだしたのか、「ありがとうございます」と暁月も白妙に叩頭する。

「しかし侊欖の鬼は、人間をよく思っておりません。獣風情がと侮る者も多いでしょう。そのことで、お気を悪くさせることも多々あるかと存じます」

案じる声とは裏腹に、桜春の花守たちは軽やかに笑った。

「大丈夫よ。爪弾《つまはじ》きには慣れてるの、あたし」

「私も、そんなことで気を病むような繊細な神経はしてないんでね」

「我らの心配は無用だ、暁月殿。花守はただ、主上をお守りするのみ」

「では後日、花守筆頭として責任を持って改めてお迎えに上がります。正式な使節として、侊欖国へお招きいたしますことをお約束します」

＊

国と国の間を旅する手段は限られている。各国には王専用の特別に足の速い獣がいるが、侊欖国は黄山の頂にある。陸路ではたどり着けない自然の城塞だった。訪問に関する文を侊欖の朝廷へ送り、慎重に日程が決められた。暁月がやってきたのは最初の訪問から十日ののち、空を飛ぶ妖獣と共にだった。大きな白い鹿で、見事な角が四本もはえている。夫諸《ふしょ》と呼ばれる妖獣で、侊欖国はこれを飼い慣らして騎獣《きじゅう》としているらしい。花守には鞍《くら》を載せた夫諸を一頭ずつ、白妙には二頭の夫諸に引かせた車が用意された。白妙と花守だけで侊欖を訪問すると言い出した時、大臣《おとど》たちは大いに青ざめた。せめて護衛をあと十人と提案したが、花守だけで十分と白妙は押し切った。

この主上の頑固さは折り紙付きだ。最終的には金華猫を白妙に化けさせて、内裏に置いておき自分は侊欖へ行くとの花守の密談を伝え聞き、大臣たちも観念した。

暁月が引き連れた夫諸を見るなり、自分も騎乗したい、車はいやだと駄々《だだ》をこねる白妙を無理矢理車に押し込み、桜春の使節は出立する。馬でなら黄山まで一月《ひとつき》以上。しかし夫諸は驚くほど速く飛んだ。およそ一昼夜で、世界の中心へと到達する。

「あれが黄山です」

先導する暁月がそう声を上げた。身を乗り出すと危ないからと、車の物見《ものみ》を開けないように注意したが、これを見せないのは酷だろう。檣は車に夫諸を寄せた。

「白妙、少しだけなら外を見ても大丈夫だ。黄山へ着くぞ」

「本当か!?」

勢いよく物見を押し開けた白妙の目前には、闇があった。車で揺られている間に夜が来てしまったのかと思ったが、どうやら違う。それは険しく隆起した山の輪郭だった。空の上を飛んでいるはずなのに、なお見上げるほど高い。天地を貫く柱のような山頂には雲がかかり、その形を隠していた。

「あれが黄山……恍欖の京──天璇京《てんせんきょう》は麓にあるのか？」

白妙が地上を見下ろしてみても、町の形はなかった。剝《む》き出《だ》しの大地と、ささやかな草木が茂るばかり。

「天璇京は黄山の中腹にある。懸《か》け造《づく》りの町が見えるか？」

榴の指の先を見やると、白く覗く岩肌を縫うように、巨木を切り出した柱や貫《ぬき》で床下を固定し、その上に無数の住居が建てられていた。桜春の京とまではいかないが、その半分ほどの広さが張り出した縦横の柱で支えられていた。夕刻を迎える時分なので、生活の火がぽつりぽつりと灯っている。榴はその上を示す。天璇京の更に半分の広さの懸け造りの層が、その上にあった。

「京の上が大内裏《だいだいり》、更に上が内裏。恍欖国では上層部に行くほど身分がいい。逆に下層に行くほど貧しくなる。天璇京に住めればまだいい方だが、見ての通り、住める人数に限りがある。京からはじき出された最下層の民は、黄山のもっと下に集落を作って暮らすんだ」

「集落？　あるのか？」

「小さいからここからではよく見えないか。黄山には妖獣も出る。固まって暮らさないと襲われる。しかし、その集落にも住めない民もいる。余程の事情がある民は、麓を転々とするしかない。重い病にかかった者や、身体を損なう怪我を負った者……あとは罪人や追放された鬼だな」

「しぃは……国境におったな」

「黄山から離れれば離れるほど、侁欖の民として扱われなくなる。俺がいたところなんか、人以下の生活だった」

白妙を乗せた車は、天璇京へと向かう。今夜は宿に泊まり、明朝に清涼殿へ赴く予定だった。

明けて翌日、礼装を調えた一行は暁月の案内の下、京の上——内裏を目指して上昇した。雲を抜け、はじめに見えたのは一際大きな懸け造りの建物だった。岩肌との間に漆喰《しっくい》を塗り固めてある、朱色の舞台にも見える。夫諸はそう調教されているのか、指示しなくとも舞台にふわりと降り立った。飴色《あめいろ》の床が張られた渡殿《わたどの》をいくつも通り、暁月の案内で清涼殿へと入った。殿上の間に入ると、すでにそこには左右四人ずつ、角の生えた公卿が円座に座っている。奥には御帳《みちょう》台《だい》が設けられ、少女が座していた。人間ごときをこれ以上奥へは入れない、そういう意味だろう。対面する形で簡易の御帳があるのは、白妙の為か。意を汲《く》んで、白妙は御帳台に進む。桜春の花守はその後ろへ。暁月が少女の横に控えたのを見届けて、白妙は淑やかに笑んで礼をとる。

「桜春国春王、白妙だ。この度は侊欖へのお招き、光栄に存ずる。欖王におかれては祝辞と宝物まで頂戴いたして、まこと有り難きこと。お返しといってはなんだが、桜春からも欖王へ一品を」

櫁は持っていた朱の漆塗りの箱を差し出す。暁月が前へ出て箱を引き取ると、少女の了解を得て蓋を開けた。中にはこれから花開く桜の枝が一振り、そして藍玉を削り出し作った鳥をはめた櫛《くし》があった。少女は白い手で櫛を手に取ると、珍しげに目を細めた。しかしすぐに手の中に収めると、感情のない表情で白妙を見据えた。

「侊欖国欖王、紅鏡と申します」

そう言った少女の髪は、燃えるような赤髪だった。二輪に結い上げ、玉の簪をさしている。瞳は金に輝き、額には鉄色の角が二本。強い色を持つ少女はしかし、力のない目をしていた。

「返礼を春王自らお持ちくださるなんて、ありがたいこと。感謝するわ」

それで、と紅鏡は控えていた櫁に視線を移す。

「桜春に白鬼ありと、聞きました。そちらの白鬼が、例の行方知れずになっていたという右大臣家の？」

「桜春の桜の花守筆頭、櫁と申します」

櫁が叩頭すると、白雪のような髪がさらさらと零《こぼ》れた。外からの光を浴びて輝く瞳は、まるで蒼玉。合わせた指の先まで綺麗に整えられ、着ている袍も品のある絹だった。角の手入れも非の打ち所がなく、白銀のように光っている。稀なる美丈夫だと、公卿たちから息を呑む気配がした。しかすぐに、ひそひそと声が上がる。

「獣の国に仕えるとは……鬼の面汚しですな」

「もはや鬼とも言えまい。その角を切り落とすべきでは」

「ですが、亡き右大臣の面影がありますな。落ち延びたという噂は本当のようだ」

もはや悪意を隠す気はないらしい。誰かの咳払《せきばら》いで、公卿たちは一応黙る。そのうちの一人が、紅鏡に向かって大袈裟《おおげさ》な笑顔を作った。

「よろしゅうございましたな、主上。彼こそが王配に相応しい鬼でございます。見目もよろしく、筆頭も務めております。九霄などより、櫁を入内させるべきです」

「なにを仰るか、右大臣。そこの白鬼は桜春に仕えているという。とても王配になど迎えるべきではございません」

「戸籍はこの侊欓にございます。彼は侊欓の鬼に間違いない」

「しかし九霄より優れているという証がございません。たかだか花守ごとき……誰でもなれようというもの。九霄は若年ではございますが侍従《じじゅう》を拝命しております。主上のお側に上がり、主上のお人柄もよく見知っておるというもの」

「なにが侍従か。本人の努力もなく、ただ家柄と金で得た職ではないか」

「口が過ぎますぞ、右大臣。今日まで行方知れずだった馬の骨に、王配など相応しいはずがござらん。九霄より優れているという証拠をお見せいただきたいものですな」

険悪な雰囲気を隠しもせず、火花を散らしているのが恐らく侊欖の左右大臣。樒を擁護するのが右大臣で、九霄を推しているのが左大臣か。その他の公卿も、どちらかを支援する声をちらほらと上げている。なるほど、左右大臣それぞれに派閥があるのかもしれない。樒は眉一つ動かさず、公卿たちを一瞥する。白妙をはじめ、藤艶も香散見も表情を変えるようなことはしなかったが、堪らずに声を上げたのは暁月だった。

「お二方、王の御前でございますよ！　なによりもまず、主上のお気持ちをお汲みください。入内などという大事な決議は、主上の意志を優先するべきです」

「花守ごときが口を挟むな！」

ぴしゃりと言い放ったのは左大臣か。暁月の顔に怒りから朱が差す。だがそれ以上はなにも言えないらしい。こめかみの角の根元に筋を浮かべ、眉を上げて怒りを抑え込んでいた。紅鏡は目の前のやりとりに興味がないのか、宙を眺め小さな唇を開いた。

「もういい。入内の件は左右大臣に任せるわ。誰が入内しようとも構わないの」

「しかし主上……っ」

「暁月は黙ってて。それで他になにかあるのかしら、春王」

「侊欖と桜春の国境について、相談がしたい。現在、国境には多くの鬼が貧しい暮らしを強いられ、時には桜春の村々を襲う。この問題をどうお考えか？」

「国境？　なんのこと？　あたくしは……」

「京の下に住む鬼は優欖の民にあらず。好きに切り捨てていただいて構いません」

紅鏡の言葉を遮ったのは公卿だった。しかし白妙は紅鏡から目を離さなかった。

「だからといって、本当に切り捨てるわけにもいくまい。難民として受け入れたいが、恥ずかしながら桜春はそれほど豊かではない。天璇京の下にも……黄山の麓にも町を作り、そこで平和に生活はできないものか？」

「他国の内状に口出しをするおつもりか？　桜春は余程の恥知らずと見える」

「妾は欖王に問うておるのだ」

強い口調で言うと、さすがに公卿は押し黙る。紅鏡は、その様子を見ながら小さく息を吐く。周囲の公卿がこれ以上しゃべるなと、圧をかけているのだ。その空気を読んで、沈んだ目を白妙に向けた。

「会談はおしまい。春王、お会いできてよかったわ。遠路はるばる来ていただいたこと感謝します。気を付けてお帰りになって」

「お待ちを、欖王」

踵を返そうとする紅鏡を止めたのは、白妙の鋭い声だった。紅鏡の金の瞳を正面から見据え、愛嬌《あいきょう》たっぷりの笑みをこれ見よがしに浮かべる。

「侊欖へ来るなど滅多にない機会。この際、いろいろと見聞したい。我が儘《まま》を承知で申し上げるが、しばしの滞在をお許しいただきたい」

色めき立ったのは、公卿たちだった。どこからか「とんでもない」と声が上がる。

「なにをおっしゃるか。侊欖へ招かれただけでも恐れ多いものを……」

「無礼にもほどがありますぞ」

口々に上がる言葉にはかまわず、白妙はただ紅鏡を見つめた。

「欖王、いかがか？」

「……では、後宮を好きに使ってちょうだい。暁月を付けるので、用事は彼に」

「ありがたい」

「主上！　なんということを……！」

「内裏に逗留《とうりゅう》させるおつもりか！」

「……春王が滞在されるなら、そこの白鬼もいっしょでしょう。存分に検分したらいいじゃないの」

そう言い捨てると紅鏡は立ちあがり、奥の間へと姿を消してしまった。誰かが「勝手なことを」と吐き捨てるのも聞こえる。暁月の言った通り、紅鏡は傀儡《かいらい》なのだ。内政に意見したり、なにかを決定したりする権利もない。それどころか、内裏の外の出来事の一切を知らされていないらしい。これが同じ王なのかと、白妙は悲しくなった。

それでも紅鏡はその口で、桜春に滞在を許した。公卿たちに対するささやかな抵抗にも思えた。この機会を生かさなければいけない。

＊

「なんともお恥ずかしいところをお見せしてしまい、申し訳ございません」

ただただ平謝りを繰り返す暁月は、桜春の面々を後宮の一つに案内した。清涼殿の北にあり、もっとも清涼殿に近い殿舎。恍欖では佳宵殿《かしょうでん》と呼ばれ、王配が住まう殿だった。あえて佳宵殿を選んだあたり、これも暁月のささやかな抵抗かもしれない。

「いや、暁月殿の心痛もわかろうというもの。欖王の言葉も遮り意見する公卿など、桜春では有り得ぬ」

頬を膨らませる白妙にも、ひたすらに陳謝する暁月にも構わず、桜春の花守はまったく別の話題で持ちきりだった。

「ちょっと槗ちゃん、話が違うじゃないのよ。予定ならあんたの角に惚《ほ》れた欖王が、是非にと入内を認めるんじゃなかったの？」

「——俺の見立てでは間違ってないはずだ。自分で言うのもなんだが、俺の角はかっこいい。さらには竹炭で汚れを落とし、天然水で潤したのちに蜜蠟《みつろう》で磨き、完璧に仕上げたはずなのに……」

「その……鬼の魅力は角で決まるみたいな感覚、あたしたちにはよくわかんないんだけどさ。善《よ》し悪《あ》しも理解できないし。多少なりとも公卿たちには響いてたみたいだけど……そもそも、欖王は榴ちゃんを見てなかったわ。見て！　榴ちゃんの爪！　あたしが昨日、ぴかぴかに磨いたのに！」

「私だって朝から榴の髪をいじるの大変だったんだぞ。貴重な香油も使って……すっごいさらさらに仕上げたのによ！　見ろよ！　せめて今だけでも！」

「主上よりも念入りに着付けもしたのに……よっぽど男として魅力がなかったのかしらね。角がどうこうより、これだけ男前に仕上げれば、さすがに欖王も放っておかないと思ったのにねぇ」

「残念な空気がだだ漏れてたんじゃねぇか？　主上の姿絵を見て、夜な夜な『尊い！』って叫ぶ変態性を見抜いて……ぶっ」

「黙ってろ、香散見。そもそも誰が入内しようがどうでもいいんだとわかった。己の意志など反映されないのだからな。諦めておられるんだろう。不憫《ふびん》じゃないか」

「あれだけコケにされて……うちの主上なら全員張り倒して、勅命で全員クビよ」

「さて……どうやって榴が気に入られるかだな。今回は綺麗さを推したが、もっと野性味溢れる方がいいかもしれん。どうよ？」

「色気を出したらどう？　艶っぽい雰囲気はどうかしらね」

決して悲観せず、何事も楽しむ姿勢の花守は頼もしくもある。が、白妙は小さく唇を尖らせた。

「……本当に入内したら困るぞ、櫁」

「わかってる。とにかく九霄の入内阻止もそうだが、欖王の意識改革の方が急務のようだ。このままでは、死ぬまで籠の鳥。生きながら死んでいるも同然。どうにかしてさしあげたいんだろう？」

「もちろんだ。……王は国の薪ではあるが、道具ではない。妾と同じ立場の女王が、あのように扱われるのは我慢ならん」

「承知」

恭しく頭を下げた時、暁月の視線が櫁の背後に向けられた。振り返ると、立っていたのは右大臣だった。櫁の視線に気付き、彼は難しい顔で一つ頷く。

「よく戻ってきた、と言うべきか。話がしたいが……よいか？」

なにぶん私事だ。同席するのは白妙だけとした。円座に座り対面する右大臣の顔に、櫁はやはり見覚えがない。血が繋がっているとはいえ、初対面の他人だ。さて、目の前の鬼はどうでるのか。櫁は油断なく様子を窺う。

「私は侊欖国右大臣、河漢《かかん》だ。おまえの父の弟だ。叔父になるな」

口火を切ったのは河漢だった。「らしいですね」と答えると、大きく息を吐く。

「おまえは父親に似たな。出自《しゅつじ》を検《あらた》めるまでもない、兄の子だ。兄もおまえと同じ白鬼だった。白鬼は吉兆の証だと言われているが、最期は毒を盛られたときた。はてさて、言い伝えは真《まこと》なのか……。樒、という名は荷風が付けたのか？」

「おそらく。どうしてかあの男は、俺に他人行儀なところがあったが……主人から預かった子となれば、納得もできましょう」

「樒か。なぜに木の名を付けたのか。鬼には普通、星や天の動きの名を付ける。草木の名を付けたということは、荷風はおまえを侊欖に戻す気がなかったのかもしれんな」

「荷風をよくご存じで？」

「兄弟のように育った。兄とも慕っておったよ。荷風はどうした」

「白文病で死にました」

「桜春で流行ったという病か、無念だったろうに。荷風には悪いことをした。……なにも聞かされておらんのか？」

「ええ、なにも……。黄山から離れた土地を、ただ転々と暮らしておりました」

「そうか……おまえを守る為とはいえ、辛い思いをさせたな。兄に代わって謝罪する」

言って河漢は、そっと頭を下げる。はじめは、太政大臣に上りたいがゆえに榣を入内させたいのかと思っていた。しかしどうやら、謝罪の言葉は本当らしい。

「兄が右大臣だったころの朝廷はひどいものだった。あの時は……いや、昔の話はやめておこう。肝心なのは今だ。単刀直入に聞く。侊櫼に戻り、櫼王の下に入内する気はあるのか」

「ございません」

間も置かずきっぱりと言い切った榣に、河漢は苦笑する。

「だろうとも。桜春で花守筆頭にまでなったおまえが、主上を乗り換えるとは思っておらんよ。侊櫼にまで来た目的は戸籍か」

「そうです。俺の戸籍は、どうやらあなたが握っているらしい。速やかに桜春に移していただきたい」

「……私とておまえの存在は切り札でもある。やすやすと引き受けると思うか？」

「もう一つ。暁月殿から話を聞き、櫼王のご様子が心配だったのもあります。うちの主上が心を痛めておいでです」

ちらと視線を流すと、白妙が頷く。

「河漢殿にお伺いしたい。いつから侊櫼の王は公卿の傀儡となったのだ」

「……侊櫼の王は代々短命でございましてな。病死や事故死、薪が必要になることも、他国と比べて多いのです。とにかく常に薪の数をある程度確保しておかねば、国が滅びる。王にはなによりも、血を継いだ子を多くなしてもらわなければならないのです。そんな中で政治に関与するのも難しい。と言っている間にも王は倒れ、次の王が即位する。そのたびに国の指針は定まらず迷走する。そのうちに、政《まつりごと》は官吏が仕切るようになり……今に至るわけにございます」

「現状としては、一日でも早く欖王に王配を迎えさせ、子を作らせろということか」

「王配だけでは心許《こころもと》ない。側夫《そばふ》も幾人か迎えていただく予定です」

一人でも多く子を……機械的に薪を作れ。そう言っているように聞こえた。国を維持する為には間違ってはいない。だが、それではあまりにも非情である。押し黙る白妙を見かねて、樒は口を開く。

「他国の内政には干渉しない。これが五国の暗黙の了解です。俺の戸籍は佻欖にあったとて、今は桜春の民だと自認しております。しかし戸籍だけ見れば、いまだ佻欖の民。佻欖の内政に口を出すことは可能かとも存じます」

「理屈で言えばそうなる。しかし口を出すなら佻欖に戻れ」

「そして入内しろと？」

「私とて九霄を王配に、とは思っておらぬ。家柄は上だと左大臣家は思っているようだがな。これでも私はかつては公傅《こうふ》だった。紅鏡様は幼いころより知っておる。どうしようもないぼんくらを入内させる気など、毛頭ない」

「河漢殿にはご子息がいらっしゃるとか。俺がだめなら、やはりご子息を？」

「おまえにその気がないなら、そうするしかないが……息子の昊天《こうてん》はまだ十三。元服までであと二年ある。二年もの間、左大臣側が動かないわけがない。なんとしても九霄を入内させるだろう。入内が決まれば、左大臣が太政大臣に上る。これはほぼ確実だ」

「ご自分が太政大臣に上りたいだけ、ということはないですか？」

「左大臣が上がるよりはマシだと自負しておるよ。左大臣が実権をとれば、優欖は今より荒れる。荒れれば火が消え、紅鏡様が薪になる。左大臣は薪の犠牲など知ったことではないだろう。次の王をまた傀儡にし私腹を肥やす。それだけだ」

苦渋の色を滲《にじ》ませる河漢を見つめ、白妙はきりりと眉を上げた。

「榓、やるぞ」

「承知しました。では河漢殿、取引といきましょう。九霄を諦めさせるか……もしくは欖王自らの言葉で、九霄の入内を拒否なさるか。どちらかを成し遂げられましたら、俺の戸籍を桜春に移していただきたい」

「……できるのか？」

訝しむ河漢に、榓は不敵な笑みを刻んで一つ頷く。

「できることは全ていたしましょう。俺とて、我が身が可愛いですから」

にわかに佳宵殿の外が騒がしくなったのは、間もなくのことだった。ちらと顔を出した香散見が、楽しそうににやにや笑い「来てみろよ」と誘う。なにごとかと槦と白妙、河漢が母屋から出ると、

「これはこれは、獣臭いと思えば桜春の方々でしたか。いくら主上のお許しがあったからとはいえ佳宵殿を使うとは、いささか厚かましいのではないですか？」

幾人も部下を伴い、一人の鬼が悠然と歩いてきた。九霄です、と暁月が素早く囁《ささや》く。

噂の眉は、すらりとした美男子だった。額から伸びる角は美しく長い。顔立ちも涼しく整っており、切れ長の目に金糸の髪がかかっていた。それだけ見れば好印象だが、束帯の袍が極彩色な浅緋《あさあけ》、首元から覗く単は金の刺繍《ししゅう》をあしらった金赤。足下にいたっては、虎の皮を貼り付けた浅沓《あさくつ》だった。藤艶が「趣味わっる」と呟くのが聞こえる。

「侊欖国の侍従、九霄にございます。左大臣家の嫡男でもございますので、入内するのは僕だけかと思っておりましたが……ここにきてなにやら右大臣家にも入内したいと申し出る恥知らずがいたとか……貴様のことかな？」

言って九霄は、金箔《きんぱく》を貼り付けた笏《しゃく》を槦に突きつけてくる。槦は悠然と見返すと、

「お初にお目にかかります。桜春国花守筆頭、槦でございます。恐れ多いとは存じて

おりますが、このたびは欖王への入内を申し入れに参りました」

「ほう、厚顔無恥にも程があるな。桜春の獣風情に仕えておきながら、侊欖の王に入内したいなど……正気とは思えん」

「どうせなら、優れた血を侊欖に残すべきかと。俺の方が九霄殿より優秀なのは、誰が見ても明らか。俺が王配に相応しい」

「なんだと？」

「そもそも侍従ともあろう方が主上より離れ、他国の使者に嫌味を言いに来るなど、品位の程が知れようというもの。侊欖国とはこの程度のものかと、非常に残念でございます。こんな侍従に仕えられるとは、あのお美しい欖王が気の毒でならない」

「あんな小娘の色香に惑わされるとは、憐《あわ》れな白鬼だ。しかも花守だと？　能のない証ではないか。家柄も能力も僕の方が上。王配になるのはこの僕だ」

　榣は小さく笑って、九霄の角を一瞥する。

「しかし家柄が上の九霄殿。角は長くてご立派だが、幾分細すぎやしませんか。このままだと枝分かれして葉が生え、楝火祥《れんかしょう》の実がついてしまわれそうだ」

言って、榣は大袈裟に嘲笑を浮かべる。瞬間、九霄の顔色が白磁から憤怒の朱にさっと変わった。

「貴様……よく覚えていろ。決して許さないからな！」

そう言い捨てると、笏を地面に叩きつける。さらには二つに折れた笏を拾い上げる部下の尻を蹴飛ばし怒鳴り、憤然と立ち去っていった。嵐が去るのを見届けながら、橲はさてと呟く。

「短慮を起こして迂闊《うかつ》にことを起こしてくれればいいが」

あまり期待はしないという橲に、香散見が楽しげに笑う。

「さっきのあれ、どういう意味だよ」

「侊欖の古事だ。黄山に棟火祥という木があり、物忘れに効く実がなるそうだ。昔、物忘れがひどく棟火祥の実を探しに出掛けた官吏がいたが、それすらも忘れてしまい、木の根元で呆《ほう》け、挙げ句には自分の角に木が寄生して実がなった」

「わかりやすく、面白い感じに要約してくれ」

「世間知らずで無能な坊やは屋敷で大人しくしてろ！　その悪趣味な沓の虎皮引っぺがして、こんがり焼き上げるぞ！　あと、俺の方が絶対にいい男だ！」

「いいねいいね。なら、正式に九霄に喧嘩《けんか》を売ったことになるわけだな」

「じゃ、いろいろと作戦を練ろうじゃないのよ。どうせあたしたちに女官や女房はつかないんでしょ？　適当にやらせてもらおうじゃないの」

「いつもと変わらねぇな。食料も欲しいし、京まで下りて調達するか？」

「京に下りるのか？　妾も行きたい！」

賑《にぎ》やかに言い募る面々を、河漢は呆然と眺めていた。恍欖の王と花守ではこうはいかない。暁月はよくやってくれているが、たった一人ではたかがしれている。他の官吏からの敬意も協力もなく、孤独な主上の側にあり続けている。しかし桜春の様子はどうだ。主上と花守の間に遠慮はない。たまたま桜春だけがそうなのか、あるいは他の三国も同じなのか。恍欖だけが、他国の後ろを歩いているのではないか。——変えていかねばならないのでは。やがて河漢は唇を引き結び、樒の肩を叩く。

「あとでいろいろと持たせて息子を寄越《よこ》そう。使ってやってくれ。暁月だけでは荷が重かろうよ。私も腹をくくって協力しよう」

＊

河漢を見送ってから、佳宵殿では声高に議論が始まった。逆境になればなるほど楽しめるのは、桜春の花守のよいところ。だが羽目を外して暴走するきらいもある。いつもは楼師《ろうし》あたりが止めに入るが、恍欖ではその役目がいない。かろうじて暁月が言葉をはさむが、調子の上がった桜春主従を止めるにはいたらなかった。突拍子もない案が飛び出す中、殿の外から控えめに声がかけられる。

「あの、昊天です。父上から言いつかって食べる物など……お持ちしました」

櫁が外まで出迎えにいくと、鬼の少年がおろおろと辺りを見回している。青みがかった髪の鬼だった。額には、まだ小さい子供の角が一本。

「おまえが昊天か？」

「はい。あの……あなたが櫁殿？」

「そうだ。おまえの……従兄弟になるのかな」

「はい！　父上から話は聞いております。普段は内裏で殿上童《てんじょうわらわ》をしておりますので、身の回りのお世話など、お任せ下さい」

控えめな雰囲気だが、しっかりしている。頼もしく思いながら、持参した荷物を厨《くりや》に運んだ。米に小麦。黄山で採れる見慣れぬ魚や肉、野菜。貴重な砂糖まであった。寝殿で喧々《けんけん》と論議を交わす尊い主上は、きっと甘いものでも食べたいだろう。そう思い、昊天に材料の詳細を尋ねながら厨に立った。手際よく小麦を臼で挽《ひ》き水と砂糖と混ぜ合わせていると、目を丸くした昊天がまじまじと見つめている。

「櫁殿は花守でいらっしゃるんですよね？　花守は料理もできるんですか？」

「こういう仕事は普通、女房がするものだが……花守は全ての仕事を一流にこなさなくてはなれない。乗馬も弓も、料理も裁縫も。化粧や着付けだってできる。暁月殿だってそうだろう」

手を動かしながら答えると、昊天は静かに感嘆の声をあげた。

「僕、花守に会うのははじめてなんです。父上や他の官吏の方は、花守など閑職で、拝命するのは恥ずかしいことだって……。でも主上の一番近くでお仕えして、お守りする役でしょう？　僕は立派な官職だと思うんですけど」

思わず小麦粉まみれの手で、頭を撫で回したくなった。まだ上層部の実状を知らないのだろうが、花守を褒められれば櫨だって嬉しい。小麦を捏《こ》ねる手にも力が入るというものだ。

「僕もお手伝いしても？」

「では、この生地を切って、ねじってくれ。こんな風に」

「はい」

素直に教えを請い、丁寧に菓子作りを手伝う昊天を見て、ふと目元が緩む。幸せに暮らしてきたのだろう。自分のように鬼や人間に追われて、食料を奪い合ったり、その日の暮らしを心配したりすることなどなかったはずだ。羨ましいわけではない。今のまま平穏に過ごして欲しいがやがて公卿に上れば、厳しい出世争いに巻き込まれるだろう。

「昊天、兄弟はいるか？」

「妹がおります。なかなかのお転婆《てんば》で、いつも僕が我慢する役に。甘えられる兄上が欲しかったです。目標になるような……お手本にしたいような」

言ってから、昊天は控えめに見上げてくる。

「あの……樒殿のこと、兄上とお呼びしてもいいですか？」

「俺を？　構わないが……俺は桜春に仕える鬼の面汚しらしい。他の鬼からなにごとか言われるぞ」

「構いません。僕、十五になったら国試を受けようと思っていて。侊欖以外の四国の勉強をしているんですが……人間の国で鬼が花守筆頭になるなんて、すごいことです。桜春で鬼の官吏は史上初とか……！　僕、誇らしいです」

「……昊天」

しっかりと手を洗い、今度こそ昊天の頭をぐりぐりと撫で回した。

「おまえのような男が、侊欖の花守になってくれたらな。欖王もいくらか心が安まるだろうに……」

「主上にはお会いしたことがなくて。清涼殿からお出になることは滅多にないって」

「それはつまり……内裏からも出られず、ましてや大内裏や京になど行ったことがない、ということか」

「はい」

より合わせた生地をごま油で揚げながら、樒は低く唸る。まさしく籠の鳥。清涼殿より外のことはなにも知らされず、ただ薪として生かされているだけだ。昊天を連れ、揚げ菓子を手に寝殿に戻ると、惨憺《さんたん》たる有様だった。浮かんだ案を片っ端から書き殴った紙が散乱し、疲れ果てた花守が床に突っ伏している。それを必死に起こそうとする暁月と、疲れ切った白妙の姿があった。榁は息を吐くと、皿を中央に置いてやる。

「河漢殿より砂糖をいただいた。揚げ菓子でも食べてくれ」

「おお！　甘い物が欲しいと思っておったのだ！　さすが榁！」

熱い茶と共に出した菓子は、あっという間に桜春の面々がさらっていく。三つも四つも懐に入れようとする香散見から菓子を取り上げ、暁月に渡してやりながら、榁は昊天の背を押した。

「河漢殿のご子息の、昊天だ」

「よ、よろしくお願いします」

「あら〜あんたが昊天ちゃん？　可愛いじゃないの！」

横からのぞき込む藤艶を目前にして、鬼の少年はかろうじて悲鳴を呑み込んだ。この人間は男性なのか女性なのか、判断ができないのだろう。怯えた様子の昊天の心中を察する。

「これは花守の藤艶という。人間は大丈夫か？」

「あ、はじめて見ます……」

「私は香散見だ。いい子じゃねぇか。年はいくつだ？　うちの主上とあんまり変わらないな」

「十三です」

「妾のほうが年上ぞ！」

最奥にちょこんと座った少女が、むぅと唇を尖らせる。

「主上……？　春王であらせられますか？」

「うむ。苦しゅうないぞ」

「は、はい。お世話させていただきます、よろしくお願いします」

自分と背格好のあまり変わらない少女を見て、こくこくと頷く。いや、これでは失礼にあたるのではないだろうか。確か、王に対する礼は叩頭して……。戸惑う様子の少年に、榕は声を掛けた。

「河漢殿も人間を露骨に侮ったりしなかった。昊天も……まぁ、驚きはしているが大丈夫そうだな。右大臣家の教えなのか？」

「あ……どうでしょう。父上はあまり、人間のことがどうとかは言いませんが……教師からは、いろいろと教わるんです。あのつまり……人間は獣が転じた下等な生き物だとか、野蛮で品位もない原始的な種族だとか……」

「あぁ、なるほどね。そうやって刷り込まれるってわけか」

榕はさてと呟く。

「どうだ。案はまとまったか？」

「これしかないわよ、とりあえず。まずは情報が欲しいってところね」

「来てもらったばかりのところ悪いが、昊天と暁月殿にはいくつか調達して欲しいものがある。頼めるか」

神妙な面持ちで、暁月が頷く。

「ここまでくれば、なんでもいたしましょう。遠慮なくお申し付け下さい」

「僕でお力になれることでしたら」

「では、これを至急用意して欲しい」

言って櫁は、藤艶が書き留めた紙を二人に見せる。昊天は目を丸くした。

「女房装束？　髢《かもじ》に水干二着に狩衣、夫諸まで……」

「あと裁縫道具ね。あたし、女房を装って左大臣家に潜入してみようと思うの。香散見ちゃんが行くよりも、ここはあたしが適任よ。潜入調査なら任せて」

「弾正台でやってたんだっけか。私は京で情報を集めよう。まず、敵と状況を知っとかないとな」

「ただ問題がねぇ……人間ってだけでどうしても目立つもの。どうにか誤魔化《ごまか》せないかしら。作り物の角をつけるとか」

藤艶と香散見が眉根を寄せるなか、昊天がその場に立ちあがる。

「では術を使いましょう。幻で角があるように見せられます。触れられなければ、ばれません」

「すごいわ、昊天ちゃん！」

「筆頭もそれくらいの術覚えろよな！　鬼だろ！」

香散見に叱咤《しった》されるも、櫁は眉間に皺を寄せる。

「簡単に言うけどな。鬼の秘術は一子相伝だ。教えてくれと頼んだって、一体誰がおいそれと……」

「僕でよければ！　兄上は僕の一族です。我が一族の術を教えても問題ありません」

昊天の言葉に、白妙はむぅと頬を膨らませる。

「兄上……櫁は、昊天の兄になったのか？　いいのぉ。妾も兄とやらが欲しかったな」

「桜族《おうぞく》は女系だからなぁ。代わりに私らが兄で姉だ。そうだろう」

「そのとおりだ。頼りにしてるぞ」

座っている香散見の背中に、がばっと白妙が抱きつく。その様子に、暁月はいくらか慣れたようだが、昊天は目を丸くする。

「これが主上と花守？」

「まぁ……あくまで今の桜春は、だけどな。信用と信頼が全てだ。相手の言葉を尊重し、自らも無駄な遠慮はしない。それだけだ」

香散見の言葉に、暁月がしみじみと頷く。

「それだけのことが、侊欃ではできませぬ。これを機に、私も考えと行動を改める所存。なにとぞ、ご指導をお願いいたします」

深々と礼をする暁月を労るように見やってから、槢は青い双眸《そうぼう》で一同を見渡す。

「時間はないぞ。早速はじめよう」

＊

ふざけているように見えても、桜春の花守は有能だった。これでも国試を上位で通り、一位から三位で卒業した猛者である。どうせ守麗殿に戻っても暁月は一人だし、ついでに昊天もと、全員の夕餉の支度を一人で取り仕切ったのは香散見だった。見慣れぬ食材も、一見しただけでどうにかこしらえる。藤艶は調達してもらった着物を、各々の身体に合わせて鮮やかに修繕する。これには暁月が駆り出された。ただ座っているわけにはいかないと、白妙が手を上げる。

「妾もなにか手伝う」

「じゃ、縫い物を手伝ってちょうだい。やったことない？　教えてあげるから」

主上に針を持たせるなど無礼千万だが、細かいことは気にしない。榣は対屋で昊天から鬼の術の指導を受けることに専念する。いくつか持ち込んだ本を机に載せながら、昊天は寝殿の方角を見やった。

「花守は本当に……なんでもおできになるんですね」

「いついかなる場合においても、主上のお役に立たねばならん。主上が腹を空かせているのに料理ができずに飢えさせた、では話にならないからな」

なるほどと答えて、昊天は居住まいを正した。

「兄上、術は全くお使いになれないですか？」

「荷風から少し聞いた気もするが……金華猫に片言を話させるのがやっとだった」

「それは難儀ですね。しかし術を見れば、その鬼の素性がわかってしまいます。身元がばれないよう、荷風殿はお教えにならなかったのでしょう」

「なるほど、そうなのか」

「まずはじめに、鬼の術は鬼神の力をお借りするものです。鬼神とは世界を創造した龍神の眷属《けんぞく》のことです。一族に一柱、守護する鬼神がおられます。僕たちの一族は智《ち》鬼太白《きたいはく》という鬼神になりますね」

「ちき……？」

「鬼神には位《くらい》があります。上から熾鬼《しき》、智鬼、座鬼《ざき》、主鬼《しゅき》、力鬼《りょくき》、能鬼《のうき》、権鬼《けんき》、大鬼《だいき》、介鬼《かいき》の九つです。それぞれの位に五柱、五つの星になぞらえて鬼神があります。木の星は歳星《さいせい》、火の星は熒惑《けいわく》、土の星は塡星《てんせい》、金の星は太白、水の星は辰星《しんせい》。合わせて四十五柱です」

「ということは、智鬼太白とは二位の金の星、というわけか」

そうです、と昊天は頷く。

「対して、左大臣家は智鬼熒惑。第二位の火の星ですね。ちなみに鬼神の位が家柄の格でもあります。左右大臣家が第二位の鬼神なのは、そういう理由です。なのでいくら優秀な鬼でも、第九位の介鬼では官吏になれません」

「では、逆にどんな能無しでも第二位なら侍従になれる、と」

誰を指しているか察して、昊天は苦笑する。

「その通りです。ここからが面倒なのですが……兄上は五行説をご存じですか？」

「木生火《もくしょうか》——木は燃えて火を生む……万物は火、水、木、金、土からなるというやつか？　陰陽に使われる」

「はい。五つの要素を、そのまま星に当《あ》て嵌《は》めて下さい。これでだいぶわかりやすくなると思います。僕たちの一族は金の星、九霄殿の一族は火の星です」

「ならば火剋金《かこくきん》——火は金属を熔《と》かす。金は火に勝てない」

「そうです。九霄殿が左大臣家は僕たちよりも家柄が上だと言っているのは、これが理由です。例えば同じ術を使ったとしても、僕たちは九霄殿の一族には勝てないのです。もちろん、術者の練度の差はありますが」

「……なるほど」

「位が違えば当然、位が高いほうが優れます。ちなみに主上の一族——侊族《こうぞく》の鬼神は熾鬼塡星。第一位の土の星。今現在、第一位の鬼神を守護に持つのは侊族だけです」

「家柄の格でいえば、欖王は第一位。二位以下の公卿の言いなりになる理由はない……はずだがな」

「そう……なんですけど。実状は違うのでしょう？　僕たちに……公卿以下の官吏にも主上のお姿もお言葉も届きません。人となりも存じ上げない。しかし父上や、先ほどの花守たちのお話を聞く限り、どうやら主上は傀儡であるとか……」

「対面した限り、お飾りの王であられるのは確かだな」

「そうですか……」

昊天はうつむく。国を動かしているはずの王が傀儡だと知り、困惑はもちろんだが失望もあった。欖王に対してではない。父親を含めた大臣に対してた。

「……兄上たちは、主上のお心を動かそうとしているのでしょう？　その為に、桜春からいらして……尽力して下さっているのでしょう？」

「我が主上が憂うのでな。それと個人的な理由もある。俺の戸籍を桜春に移してもらいにきた」

「桜春の民になられるのですか？」

「主上に拾われた時分から、己は桜春の民だと思っていたが……ここにきて出自が判明した。これを機に、真の桜春の民になるつもりだ」

「そうですか……寂しいですが、それが兄上のご判断ならお心のままに。僕にできるのは、兄上に術を教えることですね。剣は苦手ですが、術は得意なんです」

「それは頼もしい」

是非にと頼むと、昊天は嬉しそうに微笑んだ。

「ではまず基礎から。智鬼太白のお力とはそもそも——」

昊天は本を開き、殊更丁寧に言葉を紡いだ。

思えば、いつかも白妙と机を並べて、楼師から教えを受けた。時には授業を抜け出し、二人で悪戯《いたずら》をしでかしたこともある。庭園の桃を盗み食いしたり、昼寝をする楼師の顔に墨を塗ったり。悪戯がばれると揃って渡殿に立たされた。二人の間には主従はなく、官位もなかった。白妙は内裏を自由に走り笑い、好きなことを言った。これが当たり前だと疑わなかった。だが生まれ故郷は、その当たり前がなかった。もし、白妙が紅鏡のような籠の鳥だったならば、自分はどうしただろう。手を引いて内裏から連れ出しただろうか。かつての自分たちの姿を重ね、欖王の行く末を案じずにはいられなかった。

＊

その日、欖王紅鏡はいつもより早く目が覚めた。清涼殿はしんと静まりかえり、人の気配はない。薄い単衣では肌寒くて、掛けてあった袿を羽織る。ふと、枕元に置いておいた朱の漆塗りの箱が目に入った。昨日、春王から返礼にと贈られたものだ。蓋を開けると、木の枝が一振りと櫛が納められている。枝を手に取りしみじみと眺めた。

「……これはなんの枝なのかしら」

固い蕾がいくつもついているが、一体なんの木でどんな花が咲くのか、紅鏡にはわからなかった。次いで櫛も取ってみる。鳥をかたどった、青い玉がはめ込まれている。とろりとした輝きを放つ、美しい石だった。しかし玉の名前も、鳥の名前も知らない。

「あたくし、なにも知らないのね」

春王は、国境の諍いを収めたいとも言っていた。しかし、紅鏡にはなんのことか理解できなかった。いつもそうだ。政《まつりごと》の大きな決議があっても、自分はただ御帳台に座して、『許す』と言うだけ。国でなにが起きているのか、誰がどういう官職に就くのか、なんの為の会議が行われているのか、一切を知らされない。官吏の言うがままに龍神への祈りを捧《ささ》げ、いつか薪になる日を待つ。幸いにもと言うべきか、先王だった母は、薪にならずして亡くなった。姉や妹は多くいるが、その中でも自分に欟王の証たる痣《あざ》が浮かんだ時、愕然とした。母と同じように清涼殿に閉じ込められ、薪として燃えるのだと。何故、自分なのか。己の境遇を呪いもした。欟王として即位した日から、一切の自由を奪われて死ぬのだと、諦めにも似た覚悟を強いられた。決して紅鏡を尊重しない例の一つとして、左大臣家の嫡男が入内するだろうと知らされたのは先月のことだった。名を九霄といい、侍従であるらしい。形式だけの側仕《そばづか》えとして侍従は何人かいるが、どれが九霄だかわからない。

そんな折、春王が新たに即位したと珍しく公卿が教えてくれた。同じ年頃の女王だという。彼女もきっと清涼殿に囲われて、薪となる呪いを嘆いているだろう。同じ頃、桜春に白鬼の花守がいると、そっと暁月が教えてくれた。随分前に死んだとも、行方知れずになったとも言われている、右大臣家の嫡男かもしれないと。はっきりとは言わなかったが、暁月は九霄の入内には賛同しかねる様子だった。人となりに問題があると、暗に口にしていた。紅鏡にとっては、どうでもよかった。そもそも拒否の権利はない。ただ子を産み、薪を増やせばいいだけだ。そう言うと、暁月は悲しそうな顔をした。そしてはじめて、紅鏡に請願したのだ。自分を桜春国に使者として遣わして欲しいと。純粋に驚いた。何故そう言い出したのかは測りかねたが、公卿を納得させる口実が必要になった。ならばと、即位を祝う品を贈ろうという話になった。品選びに苦心したが、紅鏡の——欖王の御物《ぎょぶつ》の中に蝶の簪があったのを思い出した。同じ境遇であろう春王が羽ばたけるようにと、暁月に託した。するとどうだろう。春王自ら、侊欖を訪問したいとの要請があった。たかだか獣風情の王がなにをえらそうにと、公卿たちは口々に反対したが、右大臣だけは是非にと口にしたのだ。そのまま意見を押し通す形となり、桜春の使節を公式に迎えることとなったのである。

「春王は自分の意志で国を出られるのね」

羨ましかった。鬼は人間よりも高貴な一族である。龍神の末裔だという誇りを頼りに生きてきた。人間にできて、鬼にできないことはないと思っていた。しかし、どうやら違うらしい。春王は内裏からも京からも飛び立ち、信頼を寄せる花守と共にやってきたのだ。強い意志を持って、紅鏡に滞在の許可も求めた。

「あたしくしにはできない……」

なにもかも、紅鏡とは違った。同じ王なのに。なにを思って滞在を願い出たのかはわからない。でも同じ立場で、強固な決意をもっていたのは確かだった。藁《わら》にも縋《すが》る思いだった。彼女なら、なにかを変えてくれるかも知れないと少なからず期待はあった。でも、なにも変わらないかもしれない。失望するのが怖かった。きっと今日も、いつもと同じ一日がはじまり、そして終わるだろう。そう思い、枝と櫛を箱に戻す。

その時だった。几帳の向こうで足音がした。恐らく女房だ。紅鏡が起きた気配を察して来たに違いない。憂鬱に息を吐く。だが、掛けられた声は暁月のものだった。

「主上、よろしいですか」

花守がやってくるにしては、時間が早い。慌てて袿に袖を通して、居住まいを正す。

「どうしたの、暁月。女房より早く来るなんて」

本来、紅鏡の寝室に男である暁月は入ってこない。しかし今日は入室の許可を求めてきた。困惑しながらも許しを出す。余程火急の用事でもあるのだろうか。大柄な身体を少し縮こめながら、遠慮がちに暁月が姿を現す。続いて、水干姿の子供が二人も入ってきたのだ。さすがに驚いて目を丸くする。一人は青い髪をした一本角の子供だった。見覚えはない。もう一人は、快活そうな愛らしい顔立ちをしていた。角は二本。やはり見覚えがない。殿上童だろうか。それにしても、王の寝所に立ち入るなんて、普通ならあり得ない。

「おまえたちは……？」

怪訝《けげん》そうに眉を顰めて問うた時だった。ふわりと鼻先を覚えのある香りがかすめた。

煙水晶の香りだ。煙水晶は希少な石で、限られた貴人しか所持できず、おいそれと子供が持てるものでは決してない。鬼の鼻は人間のそれよりも敏感だ。どうやら愛嬌のある子供の方から香りが漂う。よくよく見れば、少女のような顔立ちだった。ふと、春王に贈った簪を思い出す。角があることを除けば、彼女に似ていなくはないか。

「……春王？」

思わず呟いた名に、その子供は困ったように破顔した。

「なんだ、もうばれてしまったのか」

「……煙水晶の香りがするもの」

「おお。懐に入れたままだったの。美しい一品だから、手放したくなかったが……鬼の鼻が利くというのは忘れておった」

「暁月、どういうことなの？」

「主上、いろいろと勝手をいたしますが、どうぞお許しいただきたい」

暁月は叩頭する。そして隣では、男子《おのこ》に扮した白妙がにこりと笑うのだ。

「欖王、共に外に遊びに行こうぞ」

「……え？」

言葉を失う紅鏡の目の前で、暁月がなにかを包んだ布を広げている。中からは衣装が一揃《ひとそろ》え出てきた。

「水干を用意いたしました。こちらにお着替えいただき、清涼殿からお出になってください。身代わりはこちらの殿上童が」

そう言うと、青い髪の少年が丁寧に叩頭する。

「右大臣嫡男、昊天です。僕が主上の身代わりとして、清涼殿で留守を預かります」

「身代わり？」

困惑して問い返すと、暁月が静かに頷いた。

「主上は本日、体調が優れないと、女房や下官によくよく言ってきかせます。花守の名にかけて、何人《なんぴと》も寝所には立ち入らせません。どうか春王と共に、お出かけになって下さい」

「暁月……」

「さぁ、妾が着替えを手伝う。今日ばかりは男子として、京を散策しようぞ」

この花守も桜春の王も、なにを言っているのだろう。紅鏡には事態が把握できなかった。今日も今日とて、いつもと同じ一日がはじまると思っていたが、どうやら違うらしい。蝶のように鳥のように……今日ばかりは羽ばたけるのか。闇に閉ざされた世界に、一筋の光が差すようだった。あとから公卿がなにを言おうとも構うものか。

紅鏡は着ていた袿を脱ぎ捨てた。

＊

紅鏡を清涼殿から連れ出すのは、思っていたより簡単だった。人間よりも鬼は五感が優れている。察して呼び止められるのではとひやひやしたが、昊天に扮した紅鏡の手を引いて清涼殿から退出しても、女房も門番も一瞥しただけだった。それだけ、紅鏡が外に出ることはあり得ないのだろう。それとも紅鏡の顔すらも覚えていないのか。緊張で表情が強張《こわば》る紅鏡の手をしっかりと握り、白妙は内裏の門を通り抜ける。懸け造りの朱色の舞台では、すでに樒が夫諸を二頭用意し待っていた。無事にやってきた二人を見つけ、樒は珍しく微笑む。

「お待ち申し上げておりました」

「白鬼……?」

呟く紅鏡に、樒はそっと頷いた。

「これより先、お二人を貴人とは扱いません。ご承知下さいませ」

「妾は……いや、僕のことは瑞希《みずき》と呼んでくれ。そなたにも名を決めねばならんな」

白妙──瑞希は考える風に唸ったが、咄嗟に紅鏡は口を開いた。

「蒼天《そうてん》……!」

「よし、今からそなたは蒼天だ」

言って瑞希は夫諸にまたがり、蒼天に手を伸ばす。その手を掴むと、鞍の上に引き上げられた。夫諸に乗るのははじめてだ。瑞希の後ろに騎乗した蒼天は、高鳴る鼓動を抑えきれないまま、そっと夫諸の背に触れてみる。上毛は少しごわごわしており、白い体は温かかった。

「しっかりと僕につかまっておれ。乗馬は得意なのだ」

「では行こう。暁月殿から天璇京の詳細は聞いている。優欖の民の様子を視察するにはいい機会だろう」

　榴の夫諸が飛び立ち、その後を瑞希が追う。夫諸はふわりと空を駆けた。風を浴びて飛翔《ひしょう》すると、眼下には懸け造りの町が見える。恐らくあれは大内裏。その下が天璇京。なにもかもはじめて見る。言葉を失い目を見開く蒼天は、ただひたすらに瑞希にしがみついた。夫諸は真《ま》っ直《す》ぐに天璇京へと空を駆けていく。雲を抜けて辿り着いた京へと入る門は、五国共通で羅城門《らじょうもん》と呼ばれる。そこに厩《うまや》があるのだが、すでに暁月が手配をしてくれていた。夫諸を預けると、北へ延びる大通りに向かう。

　先を歩きながら、榴はちらりと振り返った。

「京の真ん中を通る通りを、朱雀大路《すざくおおじ》と呼ぶ。これを境に京は左右に分けられているんだ。優欖を除く四国では通りの先は大内裏になっている。大内裏から見て、東を左京、西側を右京と呼ぶ。だが、今のこの位置から見れば、右側が左京で左が右京だな」

「なんぞ、ややこしいの」

「教師からは聞いていたけど……はじめて見るわ」

蒼天は瑞希の袖を掴みながら、恐る恐る歩を進める。形式上、自らが治める国だとはいえ、蒼天の目には異国に映った。瑞希は蒼天の手をしっかりと繋ぎなおして、力強く引いた。

「大丈夫だ。よくよく見ておくといい」

「右京と左京はなにか違うの？」

「右京は主に庶民が住み、左京は官人たちが暮らす。そこは明確に分けられている」

「では、公卿たちの屋敷は左京？」

「そうなる。顔を見られては面倒だから、あまり近づかないでおこう」

答える榠に、蒼天は素直に頷いた。

「朱雀大路には多くの露店や店がある。気になる店があったら寄ってみよう。銭《ぜに》はある」

言って榠が懐を押さえるので、瑞希の表情がぱっと輝いた。

「わくわくするの。何を買おうか……美味《うま》いものも食べたいの！」

「くれぐれも……くれぐれも！　俺から離れないように頼む。迷子になられてはかなわん」

「わかっておる。蒼天、端から店を覗いてみようぞ」

「……うん！」

手を引いてくれる瑞希の手は、勇気をもらえるほど温かく強かった。大路には多くの鬼が行き交っているが、誰も蒼天を気にも留めない。蒼天の孤独な清涼殿の暮らしとは裏腹に、京には活気がある。なにもかもはじめて見る光景に戸惑う蒼天を、瑞希は気の向くままに連れ回した。香ばしい匂いのする店を見つければ、焼き団子を買い、人目も気にせず立ち食いする。きらびやかな衣を扱う店を見つければ、これで唐衣《からぎぬ》を仕立てればさぞ楽しかろうと、嬉しそうに笑った。そうしているうちに、蒼天の心は明らかに弾んでくる。

「瑞希、あの店には簪を売っているみたいよ」

「よし、行ってみよう。樒、しっかりついてくるのだぞ」

「わかったわかった。あまり走るなよ。転ぶぞ」

桜春の花守筆頭は、そんな様子に目を細めて幸せそうに微笑む。それを見て、はたと蒼天は気付くのだ。暁月は、あんな顔をしたことがない。いつもどこか悲しげで、憂う風に控えめに微苦笑するのだ。これが桜春と恍欖の違い。花守すら安心させてやれない自分は、なんと無力なのだろうか。しかし京の民はつつがなく暮らしている様子。王はやはり、必要ないのかもしれない。浮きたった心が、沈みはじめる。

そんな時だった。なんとも自然な様子で、一人の鬼が近づいてきた。そして瑞希と蒼天を見やって、納得したように頷きひょうひょうと笑うのだ。

「よしよし。ちゃんと連れ出せたようだな」

不思議そうな顔をした蒼天に、榣は大丈夫だと言う。

「これは桜春の花守で香散見という。我々よりも早く、情報を集めに来ていたんだ」

そういえば、最初に春王と面会した時、後ろに控えていた花守に似ていた。瑞希にも角があるが、これは恐らく幻視の術なのだ。そう納得する目の前で、香散見は不敵に笑ってみせた。

「丁度いいとこに来たな。ちょっとこっちに来いよ。面白いもんが見られるぜ」

言って香散見が歩き出す。榣が視線で促すので、瑞希も蒼天もそれに従った。香散見が案内したのは、左京で一際大きな楼閣だった。酒を振る舞う店なのだろうと、榣は言う。慣れた様子で店に入る香散見は、人数分の席を確保して適当に飲み物や料理を注文した。面々が席に着いたのを確認し、香散見は視線を店の奥に投げかける。

「向こうに九霄とお付きの方々が来てる。ちょっと見物していこうぜ」

「九霄……」

蒼天は呟く。確か自分の下に入内するという、左大臣家の鬼の名だ。どの男が九霄なのだろうかと、蒼天も奥へと目を向けた時だった。

「僕のどこが、下賤《げせん》な白鬼に劣っていると言うのだ！」

怒号が響いた。あれが九霄だ、と香散見が囁く。大きな声に驚いて目を見開き、蒼天は怒鳴り散らす鬼をまじまじと注視した。金の髪に長い角を持った美丈夫だったが、顔を真っ赤に染めて側付きの男たちを睨み付けている。

「いえ、そうは申しておりません。所詮は下級官吏の花守です。九霄様の足下にも及びません」

「そうですとも。ましてや鬼神においても九霄様に敵《かな》うはずもなく……」

おろおろと側付きは言い募るが、九霄は持っていた杯を男たちに投げつけた。陶器でできたそれは男の顔に当たり、床に落ちて大きな音を立てて割れる。

「桜春では剣も弓も一流だと、おまえたちが言ったのだ！　僕はとてもとても及ばないと、そう言いたいのだろう!?」

「とんでもない！　九霄様の剣技《けんぎ》は素晴らしいものでございます！　とてもとても私などは及ぶはずもなく……！」

「おまえの剣の腕など三流以下だ！　僕と比べるなど、不敬にもほどがある！」

「申し訳ございません……！」

人目も憚らず平服して謝る男を蹴り飛ばし、今度は料理の載っている皿を机からなぎ払った。床に料理がぶちまけられ、この皿も粉々に砕け散る。慌てて駆け寄った店員の女に、九霄は血走った目を向けた。

「おい！　そこの婢女《はしため》！　さっさと酒を持ってこないか！　これだから女は愚図《ぐず》で嫌

なんだ！　僕が用を言いつけるだけでも有り難いと思え！」

横暴な物言いに、女は何度も低頭して厨房《ちゅうぼう》へと駆け込んだ。その様子を見て、香散見はにやにやと笑う。

「あれが九霄だよ。どうよお坊ちゃん。あれといっしょになりたいかね？」

呆然とする蒼天は、問うた香散見になにも言えなかった。運ばれてきた酒を手酌で注いで、香散見は声を潜めた。

「今日も出仕をサボって、昼間から酒浸りだ。こういうことは珍しくないらしい。このあとは娼館に向かって女遊びに興じるそうだよ。どう思う、筆頭」

「これが侊欐の侍従か。腐っているにも程があるな。これを容認している官吏もたかが知れている。まぁ高貴な家柄ゆえ、誰もなにも言えないのだろうな」

呆れたように言い放ち、運ばれてきた料理に手を付ける。瑞希は九霄に向かって密かに舌を出したあと、蒼天の背をぽんぽんと叩いた。

「蒼天には言わなかったそうだが、暁月殿はなかなかお怒りだったぞ。九霄の角を切り落として肥溜めに沈めたいそうだ」

「暁月が……？」

暁月は、蒼天の前では、決してそんな言葉は使わない。つまりそれは、遠慮していたということだ。九霄の入内を受け入れるつもりの蒼天に、気を遣って。でも桜春の王には言ったのだ。九霄の本性を目の当たりにして、さすがに料理は喉を通らなかった。このままでいいのだろうか。心の内に、蒼天ははじめて疑問を抱いていた。

＊

自失してしまった蒼天を連れ、榲と瑞希は再び夫諸に騎乗する。天璇京を離れ、黄山の中腹に向かっていた。後ろで瑞希の腰にしっかりと摑まる蒼天を、榲は振り返る。

「暁月殿の話では、集落の外れに見事な蠟梅《ろうばい》が咲いているらしい。そこに寄ってみようと思う」

「蠟梅？　それはなに？」

「梅の花だ」

答えたのは瑞希だ。

「雪中四友《せっちゅうしゆう》の一つでな。雪の中に咲く花だ。良い香りがするぞ」

「雪中四友……」

「絵師が好んで描くそうだ。早春に咲く梅、蠟梅、水仙、山茶花《さざんか》の四つの花をさす言葉だな」

「そう……なの」

はじめて聞く言葉だ。蠟梅もなんであるか知らなかった。見事なまでに無知である自分を、嫌と言うほど意識する。恥じ入って、俯《うつむ》くしかなかった。やがて夫諸は黄色い花の咲く巨木の傍らへと降り立った。夫諸の背から下りた橀は、二頭の手綱を引く。

「少しゆっくりするといい」

そう言って、二人から離れて行ってしまう。残された蒼天を、瑞希は蠟梅の根元へと誘った。ここに座れと促すので、瑞希と共に蠟梅の真下に腰を下ろす。ふわりと鼻をくすぐる匂いはとても甘く、沈んだ心を少しばかり慰めてくれた。

「二人で話がしたいと思っておった」

瑞希は――白妙はそう切り出した。

「同じ年の同じ女王だ。花守に言えずとも、妾になら話せることもあろう」

「春王……」

白妙でいい、と彼女は笑う。

「侊欖へ来たのは、橀の戸籍を移してもらおうと思ったからだ。それが理由の一つ」

「あの白鬼を桜春の民にするの？」

「うむ。橀は桜春と侊欖の国境で、飢えて死ぬところだったが妾が拾った。共に学び、共に暮らし、共に笑った。妾の母上が薪になる時も、側にいてくれた。妾の為に花守になると約束してくれた。友であり家族なのだ」

「花守が家族？」

「花守は王の為に尽力してくれる。ならば王は、花守の為に……民の為に誠意を尽くすのだ。万民が健やかに暮らせるよう、王の役目に邁進《まいしん》する。仮令薪になろうとも、それが龍神から与えられた王の責務だ」

「あたくしは……あたくしの責務は薪になることだけよ」

「優欖に来たもう一つの理由はな、欖王の身を案じたからだ」

「あたくしの為に？」

「暁月殿は必死だった。無礼を承知でお願いすると、妾たちに何度も頭を下げたのだ。欖王の悲鳴を聞いた気がしたと」

紅鏡でいいわと、蒼天──紅鏡は小さく笑う。

「暁月は……いつでもあたくしの側にいてくれたわ。でも、いつも困ったように……悲しそうに笑うの。あたくしは花守一人さえ笑顔にできない。無力な形だけの王よ」

「公卿たちが怖いか？」

「即位したばかりの頃は、あたくしも国を良くしたいと思っていたわ。国の内状を尋ねたり、官吏の人柄を知ろうとしたりした。でも大臣は嫌な顔をするの。そんなことは知らなくてもいいと、王はただ座して官吏の決定に『許す』と言えばいいと」

「優欖は長い間、官吏が国を動かしている。余計な口出しをするなと、言いたいのだろうな」

「だからあたくしは黙るしかなかった。清涼殿に囲われて、王が必要な時にだけ、公卿たちが望む言葉だけを口にする。それだけの存在なの」

膝を抱え、紅鏡は俯いた。吐露すればするほど、自分がどれだけ無力なのかと思い知らされた。恥ずかしくもあり、情けなくもあり、生きている意味すらも見失う。

「あたくしは諦めるしかなかったわ。意志も言葉も奪われて、官吏に言われるままに動かされる人形になるしかなかったの」

「でも、妾に助けを求めたであろう」

「……白妙もあたくしと同じだと思っていた。自由も意志もなく、清涼殿に閉じ込められていると。だからせめて、羽ばたけるようにと……蝶の簪を選んだわ。でも違った。白妙は自分の意志で侊欖へ来てくれた。……羨ましかった」

「侊欖へ行くと言った時、官吏は反対した。寝ている子を起こすなと、何度も何度も大臣は妾を説得し、公傅は厳しく諭した。賛同してくれたのは花守だけだったな。でもな……妾は戦ったのだ」

「戦う？」

「なにを言えば、どう行動すれば正しいか……そんなものはわからない。王の仕事に正解はないのだ。ならば己が信ずる道を行くしかない。妾は紅鏡に会うべきだと確信した。妾に助けを請うておるのではないかと、直感したのだ。ならば誰がなんと言おうとも、これが正しいのだと官吏と戦った。それを人は我が儘と言うかもしれんが、とりあえず妾は勝った。だからここにいる」

「……白妙は強いのね」

「強くあらねばならんと思っておる。空元気でも虚勢でも、官吏に迷っている姿を見せてはならんと考えている。迷う王に、官吏はついてこない」

「意地を張るのね」

「そうだ。内心では迷う時もある。しかしそれを顔には出さずに、熟考する。信頼できる官吏に……花守に意見も求める。時には弱音も吐く。結果、これは正しいのだという根拠を得て、ようやく官吏に言葉を伝える。派手に喧嘩をすることもあるが、致し方あるまいよ」

　悪戯めいた笑みを浮かべるので、紅鏡はようやく息をついた。自由に見えた白妙でさえ、迷うことも弱音を吐くこともあるのだ。人間だとて鬼だとて、なんら変わらないではないか。

「妾の心配はな、あの九霄の入内を許すのか、ということだ」

「……薪を作らなければならないわ。一人でも多く。それが王の責務。血を繋ぎ、火を絶やさず、国を維持する」

「あの九霄でもか？　店の女にした行いを、恐らく紅鏡にもするぞ」

「………………」

「紅鏡には悪いと思うが、榴を入内させるつもりはない。あくまで九霄に対抗する為に連れてきたのもある。それと大臣は側夫も幾人か迎えさせたいと考えているだろう。子を産む道具のように使い捨てられる。万が一薪が必要になれば、自らを燃やさねばならん。そんな紅鏡を見て暁月殿は悲しむだろう。それでよいのか」

白妙の言葉はあくまでも優しかった。紅鏡の心情を深く思いやってくれている。その顔を見れば、その言葉を聞けば、嫌でもわかった。紅鏡は顔を上げて、天を仰ぐ。花開く蠟梅は懸命に咲いていた。時季が過ぎ、いつか花がしぼむその日まで。蠟梅の花のように、精一杯咲き誇り、甘い香りを漂わせ、誇らしく生きたい。

「……嫌よ」

声を震わせて、睫毛《まつげ》に涙を溜《た》める。

「……あたくし……叶うならば愛されたい……っ」

「そうだろうとも」

「暁月に笑っていて欲しい……。自分が正しいと、自信が欲しい……っ。国を知り官吏を知り……白妙のように戦ってみたい。あたくしも……内裏を飛び出して他の国へ行ってみたい……っ」

「戦ってもいいのだ。自分を……周囲を変えるには、大きな覚悟が必要だが……そなたは戦える」

「……できるかしら」

「犠牲を払わねばならん。今までの平穏な暮らしを捨て、激することも覚悟しなければならん。しかし、紅鏡の心一つで戦える。王なのだから」

「あたくしも戦える……」

「いつか桜春に来るといい。春には見事な桜が咲くぞ。紅鏡に是非見せたい。あぁ、その頃には贈った枝にも花が咲くかな」

「あたくし……本当になにも知らないの。恥ずかしいのだけれど、白妙からいただいた、あの枝はなに？」

「桜だ。しっかりと生ければ花が咲こう。薄紅の小さな花だ。あれが満開になる様はなかなか壮観だぞ。共に見ような」

「では、あの櫛は？　なんの鳥なの？」

「櫛は桜の木を削ったものだ。桜は桜春の国花だからな。鳥は鵷鶵《えんすう》。霊鳥である鳳凰《ほうおう》の親戚のようなものだそうだ。毛色は黄色。伉儷の貴色は黄だろう？　優雅に万里を飛ぶらしいぞ」

言って紅鏡の肩を抱き締めた。

「紅鏡がいつか、自由に羽ばたけるようにと、妾が選んだのだ」

「…………白妙も？」

国を隔てても、想うことは同じだった。知らず、嗚咽《おえつ》がもれる。自分の胸の内を誰かに話すのははじめてだった。溜め込んでいた膿《う》みを吐き出したようだった。王は孤独だと、たった一人で薪になる日を迎えなくてはならないと疑わなかったが、それは間違いだったらしい。味方がいた。寂しくて堪らなくて朦朧《もうろう》とぼんやりと生きていた日々を、慮《おもんぱか》ってくれる同志がいたのだ。思わず縋《すが》り付《つ》いて涙を流すと、白妙は讃《たた》えるように背中をさすってくれる。

「戦うには武器がいる。それと仲間だ。知っているか紅鏡、王には切り札がある」

「切り札？」

「そうだ。それはな――」

＊

紅鏡が清涼殿へ戻ると、安堵の表情で暁月が出迎えてくれた。約束通り、何人も寝所へは立ち入らせなかったと、誇らしげに言うのが少し可笑《おか》しかった。袿を羽織り、心細げに御帳台に座っていた昊天も、紅鏡の顔を見て穏やかに破顔した。

「二人とも……心配をかけたようね」

そう声をかけると、暁月は静かに頭を下げた。

「とんでもございません。主上がご無事にお戻りになって、安心いたしました」

「昊天も……ありがとう」

「いえ……っ。僕はただ暁月殿とお話をしておりましたから」

「国試のこと、官吏のこと……そして花守のことをよくよくお話ししましたよ。どうやら昊天は、官吏になりたいようです。昊天はとても明晰《めいせき》であられる。将来に期待が持てるというものです」

暁月は朗らかに微笑んだ。彼のこんな表情を見るのは、いつぶりだろう。昊天は少し照れたように俯いたあと、紅鏡の目をまっすぐに見つめる。

「右大臣家ですから、もしかしたら父上の跡を継ぐのかもしれませんが、その前に……僕は花守になりたいんです」

「花守に？」

紅鏡は目を丸くした。よりにもよって、閑職だとも侮られる花守に。

「桜春の花守を見て……暁月殿の話を聞いて決心いたしました。皆、花守であることに誇りを持っておられる。それればかりか春王と共に裁縫までこなして、とても近しい。それと料理も掃除も……剣も弓だって一流の腕を持っていらっしゃる。僕も主上をお助けしたい。主上に笑っていて欲しいのです」

「昊天……」

まだあどけなさが残る少年は、誠実だった。この者なら……暁月同様、己の助けとなってくれる。そう直感した。紅鏡は強く心に決めて、無意識に両の手を握りしめた。

「……昊天、清涼殿付きの殿上童になりなさい。あたくしを助けて欲しいの」

「僕が？　しかし……左大臣家が黙っていないでしょう。右大臣家を優遇してと反発する官もおりましょう」

「文句なんて言わせないわ」

「主上……」

紅鏡の強い言葉に、暁月も昊天も目を丸くした。

「あたくしには一人でも多くの味方が必要なの。恥ずかしいことだけれども……あたくし、清涼殿より外のことはなにも知らない。知ってはいけないと思っていたわ。でも違った。春王が……白妙が……あたくしは王として戦えると仰ったわ。あたくし、やってみようと思うの」

そこには全てを諦めていたかつての紅鏡の姿はなかった。燃えるような髪色と同様、固い覚悟が垣間見《かいまみ》えたのだ。暁月は万感の思いで、その場に叩頭する。

「憑《つ》きものが落ちたご様子。とても頼もしく存じます。そして安心いたしました。桜春の方々に感謝を。花守筆頭暁月……どこまでもお供いたします」

＊

佳宵殿に藤艶が戻ってきたのは、すっかり日も落ちた頃だった。険しい顔でどすどすと音を立てて寝殿へと入ると、夕餉を囲んでいた面々の一角にどっかりと腰を下ろす。それを見て、香散見はにやにやと笑った。

「随分とお怒りのご様子だな。左大臣家はどうだった？」

「どうもこうもないわよ。女房なんて名ばかりで、まるで使い捨ての下女扱い。頭にくるわ。まぁ、あたしの話はいいのよ。ちょっと聞いてちょうだい」

女房装束から着替えるのもそこそこに、藤艶は憤然としたまま、香散見が注いでくれた酒を飲み干した。

「九霄は明日にでも、榕ちゃんに挑戦状を叩きつけるつもりらしいわよ。僥欖の古事の件で、散々侮辱されたって怒り狂って、周囲に当たり散らしてるのよ」

「ほぉ……なんの挑戦だ？」

涼しげな顔で問う榕に、藤艶は顔をしかめた。

「それがさぁ……向こうは向こうで榕ちゃんの情報を掻き集めてたらしいのよ。九霄の馬鹿は剣も弓もからっきしだけどね、術の腕だけは優秀らしいのよ、意外なことに。まぁ、逆立ちしたって剣も学も敵わないってわかってるもんだから、術比べを申し出るそうよ」

「術か……。俺が未熟なのを知って挑んでくるとは……なかなか根性が腐ってるな」

「で、どうなの櫁ちゃん。術の習得具合は」

「なにぶん基礎知識だけでも膨大だ。覚えるだけで大変だが……術の内容にもよるな。やはり術者によって得手不得手がある。九霄はなにが得意だ？」

「そこよね。当然、得意なもので勝負を挑んでくるでしょうけど、さすがに九霄の得意分野までつっこめなかったの。妖獣を何頭か捕獲してるって噂は小耳に挟んだわ」

「妖獣なら、討伐か折伏《しゃくぶく》か……それとも別のなにかか……」

箸を止める櫁に、香散見は腕を組んで唸った。

「もう、そこらへんになってくると私たちの出番はないな。全力で応援するくらいか……。まぁ夜食でもこしらえてやるよ。今夜は徹夜になりそうだからな」

「櫁ちゃん、あたしにできることがあったら、遠慮なく言ってちょうだい」

「おまえにできることか……。ない」

「でしょうね！」

言い放ち、藤艶はようやく料理に手を付け始めた。そうした頃に、思い出したように香散見が懐からなにかを取り出す。

「そうだ、筆頭。土産があるぞ」

「土産？」

「さすがにうちの主上のはなかったけど……侊欖の絵師の腕前の参考程度にさ」

広げてみせたのは、紅鏡の姿絵だった。ほぉと唸り、櫨は手に取ってしげしげと眺める。筆致は驚くほど繊細でありながら、彩度を抑えた色使いは品が良く、庶民が手にする姿絵にしては質が高い。独特の黄色は侊欖特有の顔料なのだろうか。桜春では目にしたことがない。その様子を白妙がぽかんと見上げる。

「香散見、櫨は姿絵が好きなのか？」

「知らないのか？　こいつ主上の姿絵を収集して部屋中に貼ってるんだ……ぶっ！」

「余計なこと言うな！　いいか白妙、姿絵とは民の願いを描くものだ。その国の民が王をどう見ているのか、それを絵にし、民が各々手にする。ただの絵じゃない。実に深い代物なんだ。俺はな、民の真意を姿絵から汲《く》み取《と》ってるんだ。花守だからな」

「うっわ。よくまぁしゃあしゃあと……」

「ほぉ。妾にも見せてくれ」

櫨から絵を受け取ると、描かれている紅鏡の姿をよくよく見つめる。恐らく即位の時分の絵なのだろう。冠を載せた紅鏡の顔は今よりも少し幼く見えた。即位の儀で着る礼服は貴色の黄。毅然と佇み金の瞳に強い光を灯す、自信に満ちあふれた姿だった。実際の紅鏡とは違い、揺るぎない意志を持ち国を率いている、そんな姿だったのだ。

「侊欃の民には、紅鏡がこう見えているのだろうか」

「王をそう見ているか、そう願っているか。この姿絵が民の理想の姿なんだろうな」

答えた榣に、白妙は絵を譲ってくれないかと頼む。榣は少し意外そうな顔をしたが、一つ頷いて微笑んだ。

＊

夕餉の前まで昊天が術の指南に訪れていた。しかし連日、夜半まで引き留めるのも気が引けてさすがに右大臣家に帰らせた。九霄がことを起こすのは恐らく明日。できる限りのことをしなければと、榣は借りた本を開き、札にいくつか術を仕込む。すでに子《ね》三刻（午前零時）を過ぎていたが、ふと渡殿を歩いてくる足音を聞く。

「……少しよいか」

控えめに顔を覗かせたのは白妙だった。さすがに眉根を寄せる。

「男の部屋に一人で来るな」

「なぁ、しぃ――」

構わず、白妙は膝を抱えて隣に座った。難しい顔をしているので、どうやら込み入った話をしたいらしい。小さく息を落とすと、僅かに目元を緩ませる。

「……欖王と話してどうだった」

「泣いておったぞ。信頼できる側付きは暁月殿だけだ。だが胸の内を話すこともない。ずっと一人で溜め込んでおったようだ。しかしな、どうにか打破したいという気概は感じた。紅鏡は戦う。少しずつかもしれんが、自分を変えたいと思っておる」

「そうか。おまえと話せたのは無駄じゃなかったな」

「妾ができることはしたつもりだ。吉とでるか凶とでるか……正直、怖くもある。妾は余計な口出しをしたのではなかろうかと、今になって不安になった」

白妙は俯いて顔を伏せる。しばらく押し黙ったあと、紅鏡の姿絵を取り出した。

「王は強くあらねばならん。妾はそう思う。迷ってはならん、奢《おご》ってもならん。心情が揺らいでもならんし、弱音も吐いてはならん。民衆の前では少なくとも弱味を見せてはならん。……間違ってはいないだろうか」

「迷う王に民はついてこない。完璧を演じるのもまた、王の資質だ」

「うむ……。紅鏡もそうであれと押し付ける気はないが……王としての立場に自信と誇りを持って欲しかった。この姿絵のように」

「おまえはよくやってるよ。大丈夫、そのままでいい。きっと欖王にも伝わったよ」

榕の大きな手が、そっと白妙の髪の一房を撫でた。

「……紅鏡は九霄の入内を嫌だと言った。しかし、無理に推し進められた入内の話をはね除ける気概が、今日明日に備わるかと言えば……難しいかもしれん」

「なによりもまず、欖王の覚悟が必要だ。自らが正しいと信じ迷わず、毅然と下官に命を下す。それができなければ、俺が……白妙がいくら手を施してもなにも変わらない。今後、意に沿わない入内の話やそれ以外の事態が起こったら、元の木阿弥《もくあみ》だ」

「大事なのは明日だ。紅鏡がどうでるか……しぃの術比べが肝になると思う」

「そうだな。負けるつもりはないが……少しばかり難しいかもしれない」

「しぃでもか？」

「術の練度で言えば、どう見積もっても九霄が上だ。おまけに守護する鬼神の相性が最悪ときた」

「鬼神？」

問い返した白妙に、かいつまんで説明をする。

「楼師から聞いたな。五行説といったか……しぃの鬼神は金で九霄は火。相手を打ち滅ぼして行く、陰の関係。相剋《そうこく》か……火剋金だったか」

「火に勝るのは水だ。水剋火《すいこくか》——水は火を消す関係だ」

「水の鬼神の力を借りることはできんのか？　もっと上位の鬼神の守護などは？」

「あるにはある。だが代償が必要になる。平たくいえば贄《にえ》だ。己の一部を差し出さねばならんらしい。腕の一本、視力や聴覚、あるいは命」

すっと白妙の顔が色をなくす。

「……ならんぞ。そんなこと、妾が許さん。しぃは妾の鬼ぞ。なにかを失うなど、あってはならん！」

「やすやすと差し出す気はないよ。他に対抗できる手段はないか、探しているところだ。ただな……妖獣を討伐しろということなら、まだなんとかなる。これを折伏——僕《しもべ》として従属させろとなると、分が悪い。向こうは恐らく、自分に有利な妖獣を選んでいるはずだ。そもそもの火の鬼神の眷属とかな。どうあっても、俺を負かして恥をかかせたいだろうから」

「……ならんぞ。おまえを失ったら……妾は後を追うぞ」

「なにを馬鹿なことを……」

「馬鹿なものか！」

榣の袍を摑み、必死に掻き抱く。さすがにどきりと鼓動が跳ね、榣は恐る恐る白妙の肩を抱いた。

「……だが、欖王を助けたいんだろう？」

「……助けたい」

いいか白妙、と青い目を細める。そして白妙の手を取り、自らの角に触れさせた。

「俺はあの日誓ったんだ。おまえを決して薪にはしないと。おまえだけが俺の主だ。国でもなく上官でもない。ただ、おまえだけが。おまえが望むなら、どんな犠牲でも払おう。おまえが命じるなら、どんな願いも叶えよう。おまえの望みを言ってみろ」

「紅鏡を助けたい。術比べに勝ってほしい。しぃのなにもかもを失いたくない」

櫁は薄く笑う。

「傲慢な主だ。だが約束しよう。そろそろ部屋に戻れ。明日は忙しくなるぞ」

「……ここにいては邪魔か？　寝所に戻っても眠れはせん」

「好きにしろ」

「好きにする」

そうは言ったが、やがて櫁の背にもたれてうとうとと寝入ってしまう。

「さて……どうするかな」

全ては明日で決まる。櫁は本の記述を睨み、札に呪言《じゅごん》の文字を書き入れた。

＊

九霄の使者が佳宵殿へ文を持ってきたのは、朝も早い頃だった。花守の面々が文を覗き込み、香散見が鼻でせせら笑う。

「槦が古事を引用したのは、無礼千万。正式な謝罪を要求する、か。それに入内の件だな。より優秀な鬼が欟王に入内すべきで、その優劣を明らかにするってことか」

「やっぱり果たし状ね。巳《み》一刻（午前九時）に大内裏の景雲院《けいうんいん》で待つ。どうやって優劣を競うのかは書いてないのね。ここまでくると逆に清々《すがすが》しいわ」

「巳一刻か。猶予はない。というか、準備をする時間も与えないということだな」

花守が呆れかえっていると、眠い目をこすりながらも白妙は憤慨のあまり頬を紅潮させていた。

「開いた口が塞がらんの！　やはりあの男だけは紅鏡に入内させてはならん」

「完全に桜春の花守を舐《な》めてんな。どうなんだ、筆頭。勝算は？」

「景雲院に行ってみないことにはなんとも言えんが、最善を尽くす。それよりも肝心なのは欟王の意志だ。それに尽きる」

「主上、あんた欟王と話したんでしょ？　あんたの行動も槦ちゃんの勝敗に関わるのよ。そこんとこ、忘れないでちょうだい」

「わかっておる。妾も最善を尽くすと約束しよう。共に勝利をもぎ取るぞ。時間がない。速やかに用意をして景雲院に向かう」

毅然と命を下す白妙に、花守は揃って礼をとる。

*

景雲院は大内裏の南にある。饗宴施設であり、祭事の他に新年を祝う祝賀会や弓の腕を競う射礼《じゃらい》、馬を競わせる馬競《うまくらべ》などが催される。正殿である恵風殿《けいふうでん》には王の座である高御座《たかみくら》が据えられており、数々の催しの際には王が着座した。この日は特別に簡易な高御座も用意され、欖王と並び白妙もそこに座することになる。花守はその後ろに控えることとなったが、槦は恵風殿から見て前庭に案内されていた。

趣味の悪い束帯の九霄はすでにそこに居て、待ちくたびれたという体で槦を迎えるのだった。すでに呆れ返り言葉もない槦を、勝算なしと汲み取った九霄は薄く笑い、手を軽く上げて合図を送る。すると恵風殿で待機していた官吏が朗々と声を上げた。

「これより侊欖国九霄殿と桜春国花守筆頭、槦殿の術比べを開始する。先立っては槦殿の九霄殿を侮辱すること甚だしい。しかしながら槦殿には謝罪と反省を要求するも、これを拒否。更には侊欖国への内政に干渉し、入内を申し出るに至った。侊欖には優秀な血を残すべしという言葉に従い、ここに九霄殿と槦殿の優劣を競うこととする」

これを聞いた藤艶は、そっと香散見に顔を寄せて声を潜める。

「よくもまぁ、言ってくれるわね。被害妄想の方がよっぽど甚だしいわよ」

「獣風情にコケにされたのが、相当腹に据えかねたんだろうよ。見てみろよ、立ち会う官吏の数。よっぽど桜春が負けるのを見たいらしい」

　恵風殿では侊欓の公卿が揃って、この勝負を見守っていた。一人でも多くの官吏に自らの力を誇示したいのだろう。そういう九霄の思惑が透けて見える。左大臣はもちろん、右大臣、それと紅鏡の身の回りの世話という名目で昊天も立ち会うこととなった。侊欓の官吏のほとんどが九霄の勝利を信じて疑ってないらしい。明らかに桜春を——榁を嘲るような表情を浮かべていた。更に官吏は声を張り上げる。

「勝負は妖獣の折伏とする。勝者は欓王への入内を正式なものとし、敗した者は侊欓国及び鬼の一族である権利を剝奪。その角を切り落とすこととする」

　それを聞き、恵風殿はざわめいた。意味を測りかねる藤艶と香散見に、暁月がそっと耳打ちをする。

「……角を切り落とすのは罪人の証です。侊欓の民とは扱われず内裏はおろか、天璇京からも追放。黄山から離れて暮らすしかありません。鬼にとって角は誇りであり、自らを証明するもの。角を落とされるのは最大の屈辱であり、存在意義を奪われるのと同義です」

「……うちの榁ちゃんの矜恃を、ずったずたにしようって腹なのね」

「だったらよ、九霄だって角を落とされる覚悟があるってことだよな」

「当然よ。その誇らしい角とやらをへし折ってやろうじゃないのよ」

紅鏡にとっては、寝耳に水だ。まさか角を落とすような事態になるなど予想もしていなかった。術比べの件も、今朝唐突に聞かされたのだ。入内といいながらも、完全に蚊帳の外だ。今まではそれも仕方ないだろうと諦めていた。しかし今日は——今日からは違う。こうも公然と疎外されたことに、はじめて怒りが湧いたのだ。拳を握りしめ呆然と前庭を睨み付ける紅鏡の手を、白妙はそっと叩いた。

「……案ずるな、樒が勝つ。あの白鬼は約束を違えたことはない」

「……白妙」

やがて前庭に二頭の妖獣が引き出された。一頭を五人がかりで連れ出されたのは、真っ赤な毛色を持つ大きな豹《ひょう》だった。一つの角は枝分かれをして、今にも誰かを突き殺そうという勢い。尾は五つに分かれ、興奮しているのか毛が逆立ち膨れ上がっていた。あれはなにかと眉根を寄せる紅鏡に、暁月が側へ寄って膝を突く。

「狰《そう》です。黄山でも特に気性の激しい妖獣で、人を襲い喰らいます。火を守護にもつ妖獣ですので……樒殿とは相性が悪い」

やはりそうきたか、と花守は顔をしかめる。白妙も知らず拳を握りしめた。

「……しぃ」

真っ赤な妖獣を目にして、樒は舌打ちをする。黄山に住む妖獣のなかでも、とびきり獰猛《どうもう》な類いだ。容易に折伏できる相手ではない。

「猙か……。また厄介なのを連れてきたな」

呟いた言葉は九霄には届かないが、眉を顰《ひそ》めた白鬼の様子を九霄は見逃さなかった。金糸の髪をした鬼は不敵ににやりと笑い、懐からいくつかの札を取り出した。

「先攻、九霄殿！」

官吏が宣言する。同時に猙の一頭が放たれた。九霄に相対するようにと呪をかけてあるのだろう。榕には目もくれず、猙は九霄へと突進した。すかさず九霄は札をかかげて、なにごとかを呟く。瞬間、猙がじわりと動きを止めた。目に見えない縄をかけられたように、もがいている。見ると九霄の角には炎が灯っていた。火の鬼神——智鬼熒惑の神力の証拠だ。やがて猙はのたうちながら、地に伏す。それを見届けて、官吏は声を上げた。

「折伏、成就！」

わっと恵風殿から歓声があがる。あれが折伏らしいと、白妙は苦い顔をした。思っていたよりも、あっさりと終わった。火の鬼神に火の妖獣。相性がいいというのは、こういうことなのだろうか。ちらりと紅鏡を見やると、こちらも渋い顔をしている。心なしか顔色も青い。言葉をかけようと思ったが、見つからなかった。

「後攻、榕殿！」

官吏の声で我に返る。榕も札を取り出し、そして猙が放たれた。

赤い獣の目は血走っており、口元から涎《よだれ》が垂れ出ている。何度も前脚で地を蹴り上げ、今にも榕に飛びかかってくるようだった。おかしい、と榕は呟く。九霄に放たれた猙とは明らかに様子が違う。さては、妖獣を煽《あお》る薬草か呪を使ったかもしれない。札を一つ取り出し、口の中で呪を唱える。智鬼太白に働きかけ、その力を請う。札に書き記した文字が淡く光り、術は完成した。まずは見えない縄で動きを封じなければならない。しかし、一瞬だけ猙の動きが止まったものの、すぐに束縛は打ち破られてしまった。猙が角を突き出し、榕に向かって疾走してくる。すんでのところで身をかわすが、あっという間に猙は身を翻し、牙を剝きだして唸ってくる。それでも手を変え、いくつかの札を用意はしていた。その一つ一つの術を丁寧に紡ぐものの、にわか仕込みの素人だ。猙相手に通じるものではなかった。

榕の劣勢は明らかだった。にわかに恵風殿が色めきだつ。誰もが九霄の勝利を疑わなかった。九霄の入内は間違いない、そういう空気の中、紅鏡の顔色が青を通り越して白くなる。このままでは、紅鏡に生まれたせっかくの抵抗の意志も砕けてしまう。無意識に、紅鏡は腰を浮かせた。このまま見ていることしかできないのだろうか。だが、高御座からできる術はない。諦めの色がにじみ出る。

内心を察して、白妙は高御座を飛び出した。侊欖の官吏が非難の声を上げるが、花守が強引に押《お》し止《とど》める。

「紅鏡、槢は妾の花守だが戸籍は侊欖にあるのだ。あの白鬼は今、侊欖の民なのだ」

「……侊欖の」

「そうだ。侊欖の民に命を下せるのは、侊欖の王だけだ」

白妙が言わんとしていることを、紅鏡は感じ取った。勢いよく立ちあがると、高御座にかけてあった御簾を跳ね飛ばした。高御座からまろぶように恵風殿の最前へ駆けると、狰と対峙《たいじ》する槢に向かって声を張り上げる。

「槢！　勝ちなさい！　九霄なんぞを入内させることは許さぬ！」

欖王が臣下に下す、生まれてはじめての命だった。官吏から悲鳴にも似た声が上がるが、やはりこれも花守が叱責する。白妙も高御座を離れ、紅鏡と並び立った。紅鏡の手を強く握り、視線を合わせる。紅鏡が頷いた。王の切り札を使うのは、今しかない。二人の王は、揃って声を張り上げた。

「『勅命である！』」

生まれ故郷の主と、忠誠を誓った主の言葉を聞き届け、槢は満足そうな笑みを浮かべて殊更うやうやしく礼をする。それでこそ『俺の主上』だと、触れ回りたい気分だ。

「御意」

言うやいなや、目前の狰に鋭く視線を投げつける。青い双眸が狰を捕らえ、並々ならぬ気迫で妖獣を押し止めた。間を置かず、榣は札を掲げる。

「天地神明、其《そ》を砕く。智鬼太白によりて比和《ひわ》を願い、金を乗じて水と成す」

たちまち、榣の足下から白銀《しろがね》が現れる。亀裂が走るように、頭上へと上り詰めると、白く輝く銀の膜が二本の角を覆った。角を覆い白銀は肥大する。一尺（約三十センチ）にも及ぶ角が形成されると、銀の表面に水滴が滴る。水は榣の白い髪を伝い、頬を流れ落ちた。

「水剋火――水を以て火を剿滅《そうめつ》す。智鬼辰星の力を以て征討《せいとう》すべし」

静かに紡いだ呪の言葉は、確実に狰に届いた。怒りに逆立っていた赤毛が静まり、五本の尾は確かに下がる。角を下げて榣の足下までゆったりと歩を進めると、従順に顔を寄せて鼻を鳴らした。九霄の折伏との差は歴然だった。強引に束縛して押さえつけた九霄に対し、榣は完全に懐柔した。

「榣殿……折伏大成……！」

官吏が掠《かす》れた声で宣言すると、恵風殿はしんと静まりかえる。そんなはずはないと、誰もが言いたかったようだが、もはや榣の勝利は疑いようがない。成し遂げた榣はふと笑みを浮かべたが、体力も気力も驚くほど消耗が激しい。耐えきれずに膝を突く。それを見て、白妙が恵風殿から駆け出し、紅鏡も後に続く。唖然《あぜん》とする官吏は、それを止めることができなかった。

「槝！　大事ないか！」

駆け寄った槝の足下には狰が平伏していた。大きな妖獣に気圧《けお》されもしたが、今はなにより白鬼の安否が重要である。恵風殿を飛び出してくるとは思わなかったので、さすがに槝は苦く笑う。

「一国の王が二人して走ってくるな」

「些末《さまつ》なことなど気にするな。どこか痛いか？　怪我でもしたか？」

白妙は狼狽《うろた》えて手が出せない。だが紅鏡ははたと思いあたった。

「槝……あなた智鬼辰星の力を借りたのね。無茶なことをするわ」

怪訝な顔をする白妙に、紅鏡は口早に説明する。槝の一族を守護する鬼神とは別の神の力を借りたのだと。そして五行には比和というものがある。例えば、同じ金を重ねると、金はなお盛んになる。その結果が良い場合にはますます良く、悪い場合にはますます悪くなる。一種の賭けでもあると。だが槝はその賭けに勝った。活発になった金は水を生む——金生水《きんしょうすい》と呼ばれる相生《そうしょう》という関係だ。生じた水を味方につけ、水の鬼神である智鬼辰星に力を請うたのだと。

「一族の鬼神以外の力を借りるには、贄が必要だと言わなかったか!?　槝！　妾はなにも失ってはならんと言ったはずだぞ！」

白妙の顔が蒼白《そうはく》になる。今にも泣き出さんばかりの白妙を、槝は手で制した。

「落ち着け。確かに贄は差し出した。だが今後に支障をきたすようなものは、さすがに渡すものか。おまえの命に背くはずもない」

「……なにを差し出した」

震える小さな手を握り、樒は小さく笑う。

「足の爪」

「……爪？」

「たかが爪でも俺の体の一部だ。十分贄になった。賭けではあったが、あとは俺の気力と体力次第。これでも大学寮は首席で卒業したんだぞ。全部くれてやっても釣りがくる」

珍しく破顔する白鬼に、白妙は力が抜ける思いだった。樒の袍を握りしめて、よかったと繰り返す。さすがに衆目がある。白妙を立たせて体裁を繕い、樒は紅鏡に一つ礼をした。

「さて、紅鏡様。九霄の処遇はどういたします？　角を落とし京から追放しますか？」

問われて、紅鏡は前庭の向こうに目をやった。金糸の髪をした鬼は、その場に膝を突き完全に自失していたのだ。挙げ句、折伏した狰が束縛を抜け出して暴れようとしている。慌てて官吏が十人ほど駆り出されて、狰を引き離していた。

「……そもそも角落としの件も術比べの話も、あたくしには知らされていなかったわ。それにね、角を落としても天璇京の外の民が迷惑すると思うの。一番下の官職を与えて、こき使ってやるわ。性根をたたき直すのよ」

言って悪戯めいた笑みを浮かべる。はじめて見る、紅鏡の笑顔だった。

「侊檵と桜春の国境の諍いも、官吏と真っ向から話し合うつもりよ。衝突もあるでしょうし、勉強しなければならないこともたくさんあるわ。でもね、あたくし頑張るわ。そしていつか、桜春に行くの。白妙と桜を見るのよ」

「その気概があれば大丈夫そうだな。楽しみに待っておるぞ」

＊

侊檵国を出立する桜春一行を見送るのは、河漢と昊天、それに暁月と紅鏡だった。

内裏の門の外、朱色の舞台で紅鏡は車に乗り込む白妙の両の手を、しっかりと握る。

「榣の戸籍は、あたくしが責任をもって桜春へと移すわ」

「ありがたい。これで正式に桜春の鬼となるな」

「榣ほどの鬼を侊檵から失うのは惜しいけれど、仕方ないわ。いくら説得しても、侊檵には仕えないでしょう。でも、なにかあったら遠慮なく侊檵を訪ねてちょうだい」

凛《りん》とした佇まいの紅鏡に、槵は瞑目して静かに頭を下げる。

「お言葉に甘えることもあるやもしれません。その時はよろしくお願いします」

河漢も大きく息を吐き、夫諸にまたがる槵を見上げた。

「つつがなくな。お陰で主上もご立派に意志を明言されよう。元公傅として安心した。主上の御身は、我が右大臣家でよくよく盛り立てる。心配するな」

「兄上、お元気で。いつでも倪欜へいらしてください。僕も必ず、兄上が誇れるような立派な花守になります」

目を細めて槵は頷く。すると、白妙はこそりと紅鏡に囁くのだ。

「妾はな、昊天が入内するのも良いと思うのだ。将来有望な鬼だと見ておる」

「確かに右大臣家の嫡男だから、入内の権利はあるわ。でも、昊天は花守になるって言ってるの。花守は神祇官《じんぎかん》でしょ？　王と神祇官が婚姻だなんて無理よ」

「むぅ……それもそうか」

藤艶が耳聡《みみざと》く聞きつけて、あらと笑う。

「知らないの？　花守が入内した前例はあるのよ」

「「え？」」

白妙と紅鏡は同時に声を上げる。

「稀なことだけどね。ちょっと調べてごらんなさいな。五国のどこかで過去に花守を入内させた記録があるから。余程主上がお馬鹿じゃない限り、花守は主を見限るなんてしないでしょ。信頼だって満点だし？　惚《ほ》れた腫れたの事態にだってなるわよね」

からからと笑う藤艶を見つめ、二人の王はそれぞれ言葉を失った。各々がなにを思ったのかは定かではないが、そろそろ出立しなければならない。

帰路につく桜春の花守はそれぞれが夫諸にまたがり、白妙は車に乗り込む。桜春に着いたのちに解放すれば、夫諸は勝手に侊欖へ戻るらしい。その一行にもう一つ、追従する妖獣がいた。榁が折伏した猙である。折伏を解き、黄山へ戻すと言った榁に白妙は断固として反対した。金華猫のように内裏でいっしょに過ごすのだと、必死に言い募り、仕舞いには勅令であるとまで言ってのけた。そんなに簡単に勅令を出されても敵わない。山に戻す、連れて帰る、と佳宵殿では喧々と一騒ぎになった。

「無駄な抵抗よ、榁ちゃん。こうなった主上を突っぱねる気概なんてないでしょうに」

「筆頭、諦めろ。でも、内裏はまずいから厩にいれておけ」

「猙は空を飛ぶ。うちの主上は清涼殿を抜け出して、一人で勝手にどこかへ飛んでいくぞ」

「それは猙によくよく言って聞かせなさいよ。あんたが主人でしょ？」

そうは言っても、白妙が抜け出した場合、途方もない苦労を強いられるのは榁である。かといって身を切る覚悟で強行したならば、白妙はどれほど落胆するだろうか。その顔を想像すると、胸が張り裂けて全身の血が残らず吹き出る思いだ。そもそも榁に勝ち目などない。是と言うしかなかった。

夫諸は桜春を目指して飛んでいく。白妙は少しだけ物見を開けて、先を行く榁の背中を見つめた。王と花守である以前に、榁は家族で兄妹だ。それ以上の選択肢など存在していなかったから。しかし、花守は入内できるらしい。それを聞いた瞬間、心が少し浮きたった。何故であるか……今は考えまいとした。白妙にもいつか確実に、入内の話が持ち上がる。その時自分は何を選ぶのか。今はまだ、その答えは出すまいと密かに誓った。

第四話　季春《きしゅん》——五国会議

　季節は春。桜春《おうしゅん》の国花たる桜は、高香京《こうかきょう》のみならず内裏《だいり》にまで咲き誇っていた。しかし朝廷の官吏は一人残らず、花見に興じることなどできないほど大わらわだった。事のはじめは一週間前。外交を担う治部省《じぶしょう》の官吏が、慌てた様子で文箱を持ち清涼殿《せいりょうでん》へ参じたのだ。差出人は蓮夏国夏王《れんかこくかおう》と記してある。

「夏王から文だと？」

白妙《しろたえ》が訝しんで文を開くと、流れるような美しい文字で、春王《しゅんおう》即位の言祝《ことほ》ぎの言葉が綴《つづ》られていた。無遠慮に覗き込んだ藤艶《ふじつや》が、感嘆の声を上げる。

「まぁ……！　なんて綺麗なお手蹟《て》なの！　お人柄がうかがえるようだわ！　こんな流麗な文字を書けるなんて、夏王は清楚《せいそ》で品の良い女王に違いないわ、絶対！」

「あれ、夏王って女王だっけか？　でも即位の祝辞なら特に怪しむ理由はないいな」

気怠《けだる》げな香散見《かざみ》に対して、白妙は「いや」と難しい顔をした。

「桜春の桜はさぞ見事に咲いているだろうと。妾の即位の祝賀と共に花見をしながらの？」

四国会議《しこくかいぎ》を桜春で開催したらどうかと書いてある。四国会議とはなんであったか

「四国会議⁉」

思わず大声を上げた香散見を、うるさいと樒《しきみ》が睨め付けた。

「四国会議とは桜春国、蓮夏国、蓉秋国《ようしゅうこく》、仙冬国《せんとうこく》の王が一堂に会して、世界の情勢について話し合う会合だ。まぁ、建前はそうなんだが、要は親睦会だな。四国が互いの国の内状をなにも知らないではいろいろと不都合だ。定期的に王が顔を合わせて、世間話をする。現に、夏王が王か女王かもわからないくらいだしな」

「でもよ……前回の四国会議っていつだった？　私が生まれる前だったような」

「正確には三十年前だ。蓉秋で開催された記録を見たことがある。その時も確か、蓉秋の見事な紅葉に興じながらの宴会だったらしい」

「宴会か！　ならば楽しそうだの！　美味いものを食して歓談すればよいのだろう？しかし何故、侊欖国《こうらんこく》は参加してないのだ？」

「呼んでも来ないからよ。獣風情の宴会ごときに参加などするものか！　ってことよね。過去の四国会議に侊欖が参加したことはないの。だから四国会議って言うのよ」

「しかし紅鏡なら……今の侊欖なら来るかもしれんぞ。是非に招待しようぞ。紅鏡と花見をすると約束したのだ」

「そうね。なら主上《しゅじょう》、各国に招待状を書きなさい。夏王のお手蹟を見習って……綺麗に！　丁寧に！　品のある料紙を使って今すぐよ！」

決して白妙の手蹟は汚くはないが、夏王の足下にも及ばない。「うう」と渋い顔をする。そして櫁も同じく苦い表情で言った。

「しかし問題は、時間がないということだ。あと十日もすれば桜は散りはじめる。満開を堪能するには、遅くとも一週間後までには日取りを設定しないと……！」

「そんな急に各国の王の都合がつくか？」

「こればっかりは問い合わせてみないとわからないわね。仮に一週間後に四国……いえ、史上初の五国会議が決定したなら、うちが主催国なのよ。どんな不手際もあっちゃならないわ。大至急、二官八省に通達よ！」

朝廷から各国に出される文は、本来なら早馬で届けられる。しかし今回ばかりは急を要する。一夜に万里を飛ぶという貴重な伝書鳥が各国に羽ばたいた。驚くことに返事は翌々日には届き、全ての王から快諾を得られることになったのである。結果、急遽決まった国家行事に官吏は東奔西走することになり、会議開始を夕刻に控えた内裏は、早朝から混乱を極めることとなった。そもそも桜春の官吏は常に人手が不足しており、官職を兼任する者も多い。そこにきて贅《ぜい》を尽くした料理に、会場のしつらえが必要となる。花守《はなもり》すらも駆り出されて、走り回ることとなった。清涼殿の女房や侍《じ》従《じゅう》でさえも出払い、ぽつねんと白妙は座して待つしかない。だが暇を持て余して、会場となる内裏の春陽殿《しゅんようでん》にちらりと顔を出す。

「のぉ……妾もなにか手伝うぞ。これを運べばよいのか？」

「主上のお手を煩わせるなど、とんでもございません！」

「どうか清涼殿で、ごゆっくりとお待ちくださいませ！」

官吏はひどく驚いて、口々に言い募る。とはいえ、清涼殿へ戻っても一人で夕刻まで待つのは退屈だ。せめて少しでも役に立とうと動き回る白妙を、藤艶が見つける。

「ちょっと主上！　うろうろしてないで、清涼殿へ戻ってなさい！」

「でものぉ……皆忙しいであろう？　妾も役に立ちたいのだ」

「これっぽっちも役に立たないわよ。クソ重い火桶なんて持てないでしょう？」

「そ、そこまで言うか!?」

しゅんと肩を落として項垂れる白妙をさすがに見かねて、香散見が叫ぶ。

「ちょっと筆頭！　おまえ、主上をつれてどっかで時間潰してこい！　おまえ一人いなくても、なんとかするからよ！」

唐突に名を呼ばれ、ぎょっと櫨が振り返る。

「時間を潰せ？　簡単に言うなよ……」

＊

体よくつまみ出され、清涼殿への道を白妙はとぼとぼと歩く。道の両側に咲く桜は目が覚めるほどに咲き誇っているが、白妙の目には入っていない。隣を歩く榕は、目を細めて白妙を見下ろした。

「あまりに忙しくて、藤艶も官吏もちょっと苛立《いらだ》ってるんだ。気にするな」

「……うむ。もしや妾が急に五国会議を決めたからかの？　悪いことをしたか……」

「そんなことはない。会議の主催国になるのは名誉なことだ。官吏は皆、誇りに思って張り切ってるよ」

「それならよいが……」

元気を失ってしまった様子に、内心焦る。話の糸口を見つけたいが、なにか良い話題はないものか。春の話題……大学寮にいたころは、どうしていただろうか。新作の姿絵が出るたびに店をはしごして、部屋で手製の手燭を作る日々。いや、そうではなく。

「あぁ……高香京の南にな、有名な桜の名所があるんだ。千本の桜の並木道の先に、樹齢数百年の墨染桜《すみぞめざくら》の大樹があってな。大学寮にいた時に、藤艶たちと見に行ったことがある」

「墨染桜？」

「花は小さくて白いんだが、茎と葉が青い。それが薄墨のように見えるんだ」

「ほぉ……綺麗か？」

「圧倒されるな。あれが散る様も素晴らしい。京の民は毎年、楽しみにしているんだ」

にわかに、ぱぁと白妙の顔が輝き出す。

「しぃ……見たい！　妾も墨染桜とやらが見たい！」

「見たいって……。おまえが簡単に京に出られるわけが……」

「瑞希になって行く。ちょっと行ってすぐに帰るだけだ。夕刻には間に合う」

しまったと、槢は内心舌打ちをした。余計な話をしてしまった。

「なぁ、しぃ。妾は高香京を散策したことがないのだ。しかし妾は桜春の王だ。民の生活を知る義務がある。そうは思わんか？　民の暮らしを知らずして、国の統治がなるものか。そうであろう？」

「……いや……まぁ、そうかもしれんが……そうとも限らんような……」

「桜は今が一番の見頃だ。もし妾が来年、薪となったらどうする？　国が安寧を欠き、火が消えかかったらどうする？　妾は一生涯、墨染桜が見られないのだぞ」

「……おまえ……それは卑怯《ひきょう》だぞ」

そんなことを言われて、否と言えるわけがない。うっかり口をついて出た失言を後悔する間もなく、白妙に手を引かれて清涼殿へ連行されてしまった。

＊

「高香京は活気があるの。見てみよ！　露店があんなに出ておる！」

あれはなんだ、これはなんだと、白妙——瑞希は忙しく大通りを歩き回る。桜の咲く時期は祭りだ。右京と左京を分断する大路は、多くの人で溢れかえっていた。

「このほとんどが花見客だな。他国からも観光に人が来るんだ。桜春の桜を見ずして死ねないと、言われているくらいだな」

「そうかそうか。なにやら鼻が高いの。他国からの花見客の誘致にも、力を入れるよう公卿《くぎょう》たちに提案しようぞ。少しは民の懐も潤沢になろう」

「歩き回って迷子になるなよ。この人混みでおまえを捜すのは骨が折れる」

苦笑する榕に、「わかっておる」と瑞希は笑う。そうしている間にも、束帯もしくは直衣《のうし》姿の官吏が何人か走り去る姿を目撃した。

「……夕刻の会議の準備かのぉ？」

「あぁ……あれは恐らく造酒司《みきのつかさ》の官吏だな。見覚えがある」

「内裏で酒を作っている役所だの」

「実はな……今日の会議で一番気を揉《も》んでるのは、造酒司なんだ。先王である吉乃《よしの》様はあまり酒をたしなまれるお方ではなかったし、その前の女王もそれほど好んでいなかったそうだ。おまけにおまえはまだ十五。酒を勧めるにはまだ幼い」

「そうだの……僕にはまだ酒は早い気がする」

「だからな、桜春の内裏ではそれほど酒は重要視されてなかったんだ。結果、徐々に造酒司の官吏が減らされてしまい、必要最低限の人員しかいない。だが、ここにきて五国会議だ。おまけに、どこかの王が大変な酒豪らしいとの噂があった。桜春の名誉にかけて下手な酒を出すわけにもいかないが、一週間かそこらで酒など作れん。そのため高香京を走り回って、高価な酒を調達するのに苦心してるんだ」

「そんな事情があったのか……それはいかんの。もっと官吏を増やしたいところだが、なにせ桜春は人手が不足しておる。だが今後もある、もっと職人を雇用したいのぉ」

「心の隅にでも留めておいてくれ。それで十分だ」

「わかった」と真面目に頷いた瑞希の目に、ふと一軒の露店が入る。

「おぉーあれはなんだ！　透明な金魚が店先に……！　鳥も龍も……綺麗だの！　見事だの！」

飴細工だな、と答える榣に、瑞希は目を輝かせる。

「食べるには惜しいが……一つ欲しい！　いや二つ！　紅鏡への土産にするのだ」

「わかったわかった」

さすがに東帯で京を歩くのも気が引けて、榣は狩衣に着替えていた。太刀は腰に提げてはいたが、花袋は隠している。とはいえ、鬼の姿は嫌でも目立つ。すれ違う人がちらちらと振り返るが、榣自身は大して気にも留めない。奇異の目で見られるのには慣れているし、この時期なら伉儷からの観光客だと言えば、とりあえずは納得してもらえる。真剣な面持ちで飴細工を物色した瑞希は、慎重に色違いの鳥の細工を選んだ。

お互いに縁《ゆかり》のあるものだ。きっと紅鏡も喜んでくれるだろう。上機嫌で飴を持ち、意気揚々と大路を南に向かう。同じ方角へ歩く人の数が殊更多い。榣が「皆、墨染桜を見に行くのだろう」と語ると、否応《いやおう》なしに瑞希の興奮は高まった。ふと、瑞希の目に一つの露店が入る。小さな円い的に向かって弓を引き、真ん中に矢が刺されば景品がもらえるらしい。

「小弓《こゆみ》か！　しぃなら的を外すことなどないだろう。一つやって見せてくれ」

踵を返し、榣の袖を引いた時だった。千鳥足で歩いてきた大柄な男にぶつかり、瑞希の体が跳ね飛ばされる。手から飴細工がこぼれ落ち、粉々に砕けてしまった。尻餅をついて転んだことよりも、飴細工が壊れたことのほうが衝撃が大きい。素早く手を伸ばして呆然とする瑞希を立たせると、樒は射貫《いぬ》くような視線で大柄な男を睨み付けた。しかし文句を言うよりも早く、男は叫ぶように恫喝《どうかつ》する。

「ガキがふらふらと歩いてんじゃねぇ！　大人様の道を遮るなどあっちゃならねぇんだよ！　くそ！　服に飴がついたじゃねぇか！　どう落とし前つけてくれんだ！」

男の全身から強い酒の匂いがする。しかもあとから四人も仲間がかけつけてきた。よりにもよって瑞希を……御物と言っても差し支えない品を壊した挙げ句、春王を恐喝したのだ。花守として、太刀を抜いてもおかしくはない。とはいえ、さすがに怒りを抑え込み、角の根元に青筋を浮かべて樒が低く言い放つ。

「酒に飲まれて醜態を晒《さら》す痴《し》れ者《もの》がなにを言う。貴様のほうこそ、壊した品を弁償すべきだろう。膝を突いての謝罪も要求する」

「ふざけるな！　誰が子供ごときに……！　よくよく見れば鬼じゃねぇか。高慢ちきな鬼の一族様を気取ってんのかよ！　謝罪するのはおまえの方だ！」

大声で言い放つ男の側で、他の酔った男たちも「謝罪しろ」とまくし立てる。主を侮辱されて黙っていられるほど大様《おおよう》ではない。切って捨てるのは、どう見積もっても容易だった。しかし、瑞希の目前で殺生は控えたい。いっそ全員を殴り倒そうかと拳を握った時だった。

「おぉおぉ。酔っ払いが子供にいちゃもんつけんじゃねぇよ。いい大人だろうが。ごめんなさいと一言言えば済む話だろうに」

　不穏な空気をものともしない、なんとも暢気《のんき》な口調で、背後から声がした。振り返ると、これもまた見事な大柄の男だった。酔った男よりも一回りも大きい。狩衣の袖をまくり上げた二の腕は、丸太のように太く隆々とした筋肉が見て取れる。おまけに腰に提げているのは、これも大ぶりな太刀だった。檑が持つ繊細な太刀の三倍はあろうかという太さで、鞘の仕立ても立派なものである。凶暴な態でさえも、易々《やすやす》と両断してしまいそうだ。突如現れた大男に、酔った男たちは明らかに狼狽する。おまけに目の前の白鬼は、今にも刺し殺しそうな殺気を放っていた。勝ち目はない。そう悟った男たちは、這々《ほうほう》の体《てい》でその場から逃げ出した。

　それを溜息《ためいき》を吐いて見送ってから、瑞希の無事を確認する。

「大丈夫だぞ、しぃ。飴が壊れてしまったが……また買えばよい」

「そうだな」

　そっと笑んで言ってから、檑は大男を振り返る。

「少々困っていたところを助けていただいた。礼を申し上げる」

「気にすんな。俺は酒が好きだが、節操なく飲んだくれる連中は嫌いなんでな。胸がすっとした」

　言って、がははと豪快に笑ってみせた。些細《ささい》なことは気にしない、そういう気質らしい。すると音もなく、その男の隣にもう一人青年がやってくる。

「少年、大丈夫ですか？　お怪我などはありません？」

どうやら大男の連れらしい。穏やかに笑みを浮かべ、膝を突いて瑞希に柔らかく声をかけていた。

「うむ。大事ないぞ。これでも頑丈にできている。あの程度のことで怪我などするものか。お気遣い感謝する」

「それならよかったです」

愛嬌のある笑みを浮かべ、青年はふわりと立ちあがる。やれやれと言いながら、大男は榿の額……角を見て「うん？」と唸る。

「白鬼とは珍しい。侊欖から来たのか？」

「あぁ……いや。訳あって桜春で暮らしているんだ」

「ほぉ、なら墨染桜を知っているか？　実はな、俺は蓮夏国から桜を見に来たんだ。すこぶる見事だそうだが、なにせ地の利がないときた。すまんが場所を教えてくれないか」

「それは構わない。というか、我々も墨染桜を見に向かうところだったんだ。よろしければ案内しよう」

「本当か!?　それは助かる」

声を弾ませて、大男は大仰に喜んでみせた。それを見て、青年は苦笑を浮かべる。

「よかったですね。高香京を歩き回らずに済みました。人が行く先に墨染桜はあるはずだと、道行く人々の後をついて回っていたのですが、全く見当違いの場所へ行く人ばかりで、ほとほと困っていたのですよ」

歩き回って少々疲れてしまったのだろう、心底助かったと笑う青年を見て、瑞希はその手をとった。

「僕も墨染桜はまだ見たことがないのだ。これもなにかの縁だな。共に行こうぞ」

「そうなのですか？　ではお互い、初見の墨染桜に期待が膨らみますね」

青年はどこまでも和やかだった。そして大男は思い出したように名乗る。

「俺は采杯蘭《さいはいらん》という。元武官だ」

「あぁ、それで見事な太刀を？」

樒が言うと、采杯蘭は太刀の柄を軽く握る。

「これは以前、夏王から賜ったものでな。俺が上げた……まぁ、運良く上げた武功を大層喜んでいただき、下賜してくださった。俺の宝物だ」

それなら間違いなく、蓮夏国では名のある官吏だったのだろう。樒が感嘆する側で、青年は静かに一礼した。

「僕は唐薄《からすすき》と申します。蓉秋国から参りました。采杯蘭とは昨夜はじめて会ったのですよ。たまたま宿がいっしょでしてね、共に酒を酌み交わして意気投合してしまいました」

「俺は榕。こちらの童《わらわ》は瑞希と言う。よろしく頼む」

ようやく一同の素性が判明したところで、采杯蘭は「よし」と手を打ち合わせた。

「そうと決まれば酒を買いに行くぞ。花見と言えば、宴会だ。肴《さかな》はすでに買ってある。どこかいい酒屋をご存じないか？」

「そうだな……少し行ったところに酒蔵がある。桜春で一番古い老舗の酒屋だ。あそこなら品揃《しなぞろ》えもいいだろう。采杯蘭殿が気に入る酒があるかもしれん」

言うと采杯蘭は、「それは楽しみだ」と満面の笑みを浮かべた。

＊

榕が案内した酒蔵は、小さいながらも見事な店構えだった。白い漆喰で塗り固めた壁に、よく馴染《なじ》み光沢のある古木の出入り口が開いている。客の出入りが少々少ない気がしたが、高価な古酒を扱う店だから、庶民が出入りすることはあまりないと、榕が説明する。

「客が少ないなら、ゆっくりと選べるというものだ。俺は酒代は惜しまない主義なんでね、じっくりと見繕わせてもらおう」

心底酒が好きなのだろう、少年のように顔を輝かせる采杯蘭を先頭に、店の中へと進む。四方の壁には棚が作り付けられ、綺麗に酒壺《さかつぼ》が並べられている。その壺も見事な陶器で、それだけでも随分と価値があるように見えた。

「ほぉほぉ！　これは逸品に巡り合えそうだ！　さて……試飲はできるのかね」

ちらほらと酒を選ぶ客がいるなか、店員に声をかけようとした、その時だった。

「何度言ったらわかるんだ！　おまえの目は節穴か！」

質の良い直垂《ひたたれ》を着て、白髪交じりの髪を引っ詰めた初老の男が、店員を怒鳴りつけている。店員は平伏して、ひたすら謝罪の言葉を繰り返している。

「あの酒は三十年も熟成させた貴重な古酒だ。それをおまえはたったの銅貨百五十で売った！　あれは百八十の価値はあったのにだ！　この損失をどう埋めるつもりだ！」

「し、しかし旦那様……あの酒は半年前に百五十だと伺っておりまして……」

「半年前だと!?　酒は時間が経つにつれて価値が上がる。半年も経てば三十は上がるものだ！　そんなことも知らんのか、このうつけ者が！」

初老の男——恐らく店主であろう男は明らかに理不尽な物言いで叫び、さらには店員の髪を摑み上げ床に叩きつけた。

「おまえの給金から天引きするからな！　いや、それだけでは賄えん！　銅貨三十を徴収するまで、おまえの給金はなしだ！」

かなり高位の官吏でも給金は一月《ひとつき》で銅貨三十に満たない。庶民の……酒蔵の店員の給金では三十を支払うのに何年もかかるだろう。それを知りながら、店主は無茶な要求を押し通すつもりらしい。

「そんなご無体な！　それでは生活が立ち行きません！　ご寛大な……どうかご寛大なお計らいをお願いしたく……！」

「ならん！　食う物がなければ泥をすすれ！　住む場所がないならその辺の道で寝ればいい！　儂の知ったことか！」

「旦那様……！」

追いすがる店員を突き放したところで、店主はようやく槦たちの姿が目に入ったようだった。途端ににこやかな笑みを浮かべ、「どうぞどうぞ」と店内を指す。

「ごゆっくりとご覧になってくださいませ。酒によっては試飲もできますゆえ、お気軽にお申し付けください」

そう言うと、店主はなにごとか用事があるのか、店を出て行ってしまう。残された客は眉を顰め、その大半が店を出て行ってしまった。さすがに居心地が悪く、槦は采杯蘭にそっと頭を下げた。

「……すまない、采杯蘭殿。選ぶ店を間違えたようだ。こんな無体な店主が経営しているとは思わなかった」

「いやいや。どこにでもいるぜ、問題のある輩《やから》はよ。店主はアレでも酒は良質だろう。気を取り直して検分するとしようかね」

　思っていたよりも随分と大らかな性格らしい。大して気にも留めない様子で、采杯蘭は棚の酒瓶を物色する。唐薄も「お気になさらず」と言葉をかけてくれた。二人の佇まいにいくらか救われ、怒りを露《あら》わにした顔をする瑞希の頭を撫でた。

「あんなのが官吏にいたら、僕は勅命でクビにしてくれようぞ」

「いろんな人間がいる。真摯な者もいれば、怠慢なやつもだ。これもまた民の姿の一つだよ」

　一つ勉強になったと、鼻息も荒く瑞希は頷く。しかし事態は立て続けに急変する。

突如として入り口から一人の男が飛び込んできたのだ。あちこちがすり切れた襤褸《ぼろ》の直垂を着た、貧相な男だった。とても酒を買いに来た客には見えず、さらには手に古びた抜き身の太刀を持っている。男は素早く店内を見回すと、あろうことか瑞希の襟首を摑んで首元に太刀を突きつけたのだ。

「動くな！　誰も動くんじゃねぇ！」

途端に悲鳴を上げて、客は店から飛び出していく。その場を動かなかったのは、槅たちだけだった。不意に現れた狼藉者《ろうぜきもの》に、かっと血が頭に上る。� の角の根元には、瞬時にして青筋が浮かび上がった。咄嗟に太刀の柄に手をかけて、抜刀しようとした刹那、采杯蘭がそれを止めた。

「采杯蘭殿……！」

「待て、あまり刺激すると瑞希が危ない。それにおまえが切り捨てれば、いくらか問題になるだろう。少し騒ぎを起こして店員を裏から逃がし、検非違使《けびいし》を呼んでもらったほうがよくはないか」

「……確かに、一理ある……」

苦い思いで吐き出して、店員をちらりと振り返る。さて、どうやって彼に伝えたものか。思案していた最中、予想だにしなかった事態が起きた。

店員が隠し持っていた太刀を引き抜き、榕たちに向かってそれを構えたのだ。

「動かんでくれよ！　頼むから大人しくしていろ！」

さすがに榕も……采杯蘭ですらも困惑の表情を浮かべた。

「どういうことだ？」

「わからん。共犯……ということになるのか？」

呆然と立ち尽くす二人の側で、唐薄は極めて冷静に状況を把握しようとしていた。

そしてなにかを見つけて、二人にそっと耳打ちをした。

「よく見てください。どこか様子がおかしくはありませんか？」

言って唐薄は、狼藉者の手元に視線を投げた。いくらか冷静さを取り戻して視線を追うと、なるほどなにかおかしい。男の手は小刻みに震え、太刀の扱いにも慣れていないようだ。柄の握り方がどう見ても素人。表情はどこか悲壮で今にも泣き出しそうだ。羽交い締めにされていた瑞希は、はじめは男たちに恐怖を抱いたものの、とても人を斬れる覚悟を持ったようには思えないでいた。怪訝に思いながらも、大人しく捕らえられたままになっていたが、狼藉者は震える手で太刀を突きつけながらも、上ずった声で叫ぶ。

「金だ！　金を出せ！　今すぐ！」

「金庫はここだ。すぐに開ける！」

叫んで店員は、店の奥に鎮座していた鉄の箱を指さした。

「開けられるか⁉」

「鍵は旦那様が持っている。だが力ずくでどうにか……！」

言って店員は、どう見ても非力な腕で金庫の扉に手をかける。さすがに無理だろうと榴は心の内で呟くが、案の定金庫はびくともしない。すると狼藉者が、采杯蘭に目を付けた。

「お、おい！　そこの大男、金庫を壊せ！　でないと子供がどうなっても知らんぞ！」

「俺か？」

状況にも拘《かかわ》らず、采杯蘭は暢気な声を上げた。瑞希を人質に取られているので仕方がないと、言われるままに金庫の扉に手を伸ばす。しかし采杯蘭の筋力を以てしても扉が開く気配はない。采杯蘭は肩をすくめる。

「こう言ってはなんだが、力尽くで金庫が開けられちゃ、そもそも鍵の意味がねぇよ。素手で開けられるなら、いたるところで強盗がやりたい放題だぜ」

「なら僕がやってみましょうか。細くて固い棒かなにかあります？　できれば金属の」

唐薄もまた、緊張感のない口調だった。言われた店員は慌てて店中を探し回る。ようやく見つけたのは酒壺の蓋を括っていた針金だった。

「これならどうだ？」

「いいですね。少しお待ちください」

言うなり、唐薄は針金を鍵穴に差し込んだ。耳を澄ませ、何度か針金を動かすと、かちりと鳴る。唐薄は少し微笑んで、やすやすと金庫の扉を開けてみせた。

「鉄は頑丈ですが、鍵は単純ですね。恐らく金庫を買う時に代金を渋ったんでしょう。見た目のわりには安物ですよ」

金庫の中から、ざらざらと金の貨幣が溢れ出てくる。それを見て、店員は目を潤ませて駆け寄った。

「金だ……！　金がこんなに！」

「急いで袋に詰めろ！　検非違使が来る前にだ！」

狼藉者は瑞希から手を離し、慌てて小汚い布袋を取り出して必死に貨幣を詰め込み始めた。解放された瑞希に、素早く櫁が駆け寄る。

「大丈夫か？」

「うむ。僕はなんともないが……どういうことだ？　ただの強盗か？」

「……わからん」

ただただ眺めている櫁たちの前で、強盗は一心不乱に貨幣を掻き集める。しかし手際は恐ろしく悪かった。見ている櫁がもどかしく思うほどだ。それでも店員は感極まって口を開く。

「これで……まともな暮らしができる。俺は京から出るぞ。こんな店で働いてやるものか！　白米を思う存分食べるんだ」

「俺もこんな京から離れてやる。集落に住む家族にまともな飯を食わしてやるんだ」

そういうことかと、櫁は納得するが……思慮して遠慮がちに口を開いた。

「通貨が通用するのは高香京の中だけだ。京の外の村や集落では、未だに米が通貨代わりだろう。京で米を買って運ぶには恐ろしく手間がかかるし、そんな時間もないんじゃないか？」

告げた途端に、店員と狼藉者の手が止まる。

「……なら、無駄骨なのか？　俺たちがしたことは……意味がないのか？」

「確かに今からここを逃げ出して、米問屋に駆け込めば……検非違使に捕まる……」

茫然自失《ぼうぜんじしつ》してしまった二人を眺め、采杯蘭は木の机にどっかりと腰を下ろす。

「どうして押し入り強盗なんてやらかした？　見てればわかるがどう見たって素人だろう？　余程の事情があるんじゃねぇかと察するが、どうだ。話しちゃみねぇか？」

穏やかに笑う采杯蘭に、店員と狼藉者はへなへなと座り込む。もはや盗みを働く覇気など、完全に消え去ってしまったようだった。力なく俯き、店員がぽつりぽつりと語り出す。

「あんたらも見てただろう？　この店の店主はあの様《ざま》だ。給金なんていつも雀の涙。とてもまともな生活なんてできやしない。理不尽な理由で殴る蹴るなんていつものことだ。……見返してやりたかったんだ」

「俺はこの間まで、ここの酒蔵の杜氏《とうじ》だったんだ。でもな……店主はいつも無茶な要求ばかりしてくる。安い米に安い麹《こうじ》。それで上質な酒を仕込めと言う。時間もなければ人もいない。それであの狸《たぬき》が納得する酒などできるものか。そんな俺に、あいつが給金なんて払うわけがない。とても家族を食わせてやれない。女房も子供も京から逃げ出したんだ。せめて金さえあれば、全部取り返せると思ったんだが……」

とつとつと吐露する二人に、瑞希は心を痛めた。自らが治める国で——京の民がこんなに困窮しているとは思いもしなかった。今ここで、自分になにがしてやれるだろうか。それを考えるが、良い案など浮かばなかった。さらに続けて、店員は告白する。

「おまけに店主は検非違使に賄賂を渡している。あの狸は随分と汚いことをやってるんだ。悪党に金を握らせ他の酒蔵を脅して潰させる。京の外の貧しい家から女を買い、ピンハネして娼館に売りつける。それを知りながら、検非違使は見逃してるんだよ」

「賄賂だと……！」

明らかな犯罪だ。�声を上げる。

明らかな犯罪だ。榴が憤然と声を上げる。検非違使は京の治安を守る集団だが、桜春では弾正台の管轄下だ。それはすなわち、弾正台の腐敗に繋がると言えるのではないだろうか。

「……検非違使の腐敗……ひいては京の腐敗に関係するのではないのだろうか。京が腐れば内裏に及ぶ。これを見逃し放置すれば間違いなく、国が荒れる……。火が……火が消えることにもなりかねないのでは!?　これは……国難だ！」

思わず叫んだ榴に、瑞希の顔色がさっと変わる。次いで采杯蘭と唐薄も重々しく頷いた。

「多少、大仰かもしれんが……あり得ないとは言えないな。春王は即位したばかりだろう？　新王が即位して間もなくは、国の指針がどうしても定まらん。新たな春王にいらぬ苦労を背負わせるのは得策ではないな」

「どうにか賄賂の証拠を押さえたいが、記録などは残っているだろうか？」

問うた榣に、店員は苦い顔をする。

「帳簿はありません。ですが、この店の経理は俺が全て担当しています。これでも記憶力はいいんです。書き付けもあるし、賄賂を受け取った検非違使の顔も、粉飾の金額も全て覚えています」

それならと、唐薄は見事なまでに不敵に笑った。

「証拠がなければ作ればいいんですよ。店主が書いた帳簿や記録などはありますか？　筆跡を真似《まね》て、裏帳簿を作ってしまいましょう」

「そんなことができるのか？」

目を丸くする瑞希に、唐薄は悪戯めいた笑みを刻み、人差し指を唇にあてた。

「内緒ですよ。これも犯罪ですが……僕もあの店主の態度はいただけないと思っていたんです。これを機に、賄賂を受け取っていた検非違使も店主も告発できれば、一石二鳥ではないですか？」

直《す》ぐさま店員は、店の奥から数冊の冊子を持ち出す。

「店主の書いた帳簿はこちらになります」

「なるほど……そうですね。この字なら簡単に模写できますよ。しかし時間が必要ですね。外の様子はどうです？」

格子窓から榴が窺うと、店から逃げた客が呼んだのか、十人ほどの雑任《ぞうにん》と呼ばれる実動部隊が見て取れた。

「……どうやら検非違使が駆けつけてきたようだな。店を取り囲んでいる」

「さて……裏帳簿を作るまで、どうやって時間を稼げばいいものかなぁ」

腕を組んで唸った采杯蘭に、榴は唇を持ち上げて笑みを刻む。

「俺に案がある。瑞希と……そこの男に協力してもらおう」

青い目が狼藉者を指す。「俺に？」と男がよろよろと立ちあがった。

「しっかりと玄人の強盗を演じてもらうぞ。顔は布で隠せ。あと、俺の太刀を貸すし、扱いもしっかりと覚えてもらう。検非違使に舐められるわけにはいかないからな。まず太刀の構え方はこうだ。親指は鍔《つば》に付けない、だが人差し指は鍔に付けるんだ」

「は、はい！」

＊

酒蔵に強盗が押し入ったと通報があり、速やかに検非違使は駆けつけた。どうやら人質がいるらしい。迂闊に踏み込むわけにはいかなかった。強引に押し入るか、それとも犯人を説得するか、雑任たちが話し合っているところだった。

不意に酒屋の入り口から、布で顔を隠し抜き身の太刀を手にした男が、子供を人質に現れた。狼狽する雑任に、強盗の男は凄《すご》みのある声で叫ぶ。

「決して店に踏み込むな！　もし、妙な動きをすればまずこの子供の首を切り落とす！　人質も全員斬り殺す！」

男はさぞや熟練の剣士なのだろう。太刀を握る手は玄人のそれで、曇りのない波紋の浮いた美麗な太刀は、子供の首に押し当てられ、迷いもなく今にも切り裂いてしまいそうだった。子供の顔は恐怖に歪み、必死に訴えている。

「助けて！　僕はまだ死にたくない！」

「お、落ち着け！　まずは子供を解放するんだ！　悪いようにはしない！」

雑任は説得を試みるが、男は聞く耳を持たなかった。

「もし約束を違《たが》えた場合、一人ずつ殺す！　俺が金を奪って逃走するまで決して動くんじゃない！」

「待て！　人質がいるのだろう⁉　全てを無事に解放するんだ！　何人いる⁉」

「六人だ！」

＊

「あの……あれで大丈夫でしたでしょうか？」

格子窓から様子を覗いていた榴は、途端におろおろと店に戻ってきた男に微笑した。

「上出来だ。これでしばらくは時間を稼げる。さすがになにも行動を起こさないわけはないだろうから……三刻が精々かもしれんな」

「どうだ、唐薄。いけそうか？」

尋ねた采杯蘭に、唐薄は涼やかに笑ってみせた。

「任せてください。やってみせましょう」

頼もしい言葉に、その場の一同が安堵の表情を浮かべる。気が付けば采杯蘭は、棚から物色した酒瓶を開けて、手酌であおっていた。

「これは美味い。甘さは控えめだが品がある。なんという酒だ？」

「三種糟《さんしゅそう》という酒です。米《うるちのよね》、糯米《もちのよね》、精粱米《あわのうるしね》をそれぞれ別に仕込む酒です。手間がかかるぶん高価ですが、内裏に納めたこともあります」

顔を覆っていた布を取り、杜氏だった男は誇らしげな顔をした。

「おまえさんは良い職人だな。内裏に仕えてもおかしくはないだろうよ」

上機嫌で酒をあおる采杯蘭に、杜氏は何度も頭を下げた。

「職人冥利《みょうり》に尽きます」

「できれば買って行きたいところだが……どうかな。難しいかもしれんな」

そもそもは花見の為の酒だったが、今となってはそれも難しい気もする。唐薄は手を動かしながら「そうですね」と頷いた。

「一つ問題というか難しいのが……この裏帳簿と告発を、どうやって無事に上に報告するかですね。桜春の官吏に……それも高官に知り合いがいれば別ですが、生憎《あいにく》僕も采杯蘭も、信頼の置ける桜春の官吏に伝手《つて》がありません。下手にそこら辺の検非違使に預けても、握りつぶされる可能性もあります」

なにか言いたげに見上げてくる瑞希に、榴が頷く。

「俺は桜春の官吏に知り合いがいる。裏帳簿は俺が預かろう。必ず問題の検非違使を見つけ出し、正式に裁くよう進言すると約束する」

「本当か!? 一気に道が開けてきたぞ。榴殿なら安心だ。任せる!」

検非違使が踏み込んでくるまでの間、店内は終始和やかだった。蓮夏国の様子と蓉秋国の話も聞いた。榴は格子窓から外の様子を窺いながら、瑞希が熱心に他国の風景に心を馳《は》せる様を横目で見つめ、ひっそりと安堵した。会議開始の時刻までそれほど猶予はない。桜を見に行くのは別の機会になりそうだが、ここで得た見聞は決して無駄にはならないだろう。そして、榕が予想した三刻が刻々と過ぎていった。

＊

検非違使と雑任が痺《しび》れを切らして店内に踏み入ってきたのは、三刻よりも少し早かった。だがすでに準備は調えていた。唐薄が仕上げた帳簿を榕は懐に仕舞い、采杯蘭は裏口を派手に蹴り破る。人質として捕らえられていた体の六人は、それぞれに縄で後ろ手に縛られ、狼藉者の凶行を口にした。犯人は裏口から逃走したと告げれば、検非違使が慌てて後を追い走って行く。検非違使は犯人の特徴や状況を尋ねてきたが、顔を隠していたので素顔はわからない、金庫を破り金を奪って逃げたと説明した。そしてようやく解放されたのは、そこからさらに四刻を過ぎたころだった。すでに日は傾き、花見をするには遅い時間だ。なにより会議に間に合わなくなる。

「いやぁ、参ったな。どうやら墨染桜を見るのは、また今度になりそうだ。この後、人と会う約束をしていてな」

申し訳なさそうに、采杯蘭は笑う。

「僕も予定があるんです。できれば皆さんと桜を見に行きたかったですが……またの機会があれば是非に」

「櫁殿の住居が桜春にあるなら、連絡が付きそうだ。来年にはこの顔ぶれで花見に行こうや」

すっかり打ち解けた瑞希は、二人の手をそれぞれしっかりと握った。

「約束だぞ。是非に櫁を訪ねてくれ。僕もまた二人に会いたいのだ」

「おうよ。おまえさんも元気でな。また会おうや」

櫁は店員と杜氏になにごとか話していたが、采杯蘭と唐薄に深く一礼した。

「桜春の腐敗を暴くきっかけを作っていただき、感謝申し上げる。このご恩は必ずお返しする」

気にするなと笑う二人と別れ、櫁と瑞希は顔を見合わせた。

「……残念だが墨染桜は別の機会だな。さて、急いで清涼殿へ帰るぞ。会議までもう間もない。おまえは着替えて化粧して着飾らなければならないからな」

「うむ……しぃ、走るぞ！」

＊

「あんたたち、どこまで行ってきたの!?　ぎりぎりよ！　本当にぎりぎりよ！」

「主上、早く着替えろ！　着付け役の女房が待ってるぞ！」

清涼殿の前で今か今かと待っていたのは、藤艶と香散見だった。息を切らせる水干姿の白妙を見て、二人の花守はいろいろと察した。しかし問いただすのはあとだ。今はとにかく白妙の準備が最優先である。速やかに清涼殿の奥へと押し込んだ。

同じく息を切らせる樒に、藤艶は「大役、ご苦労様」と笑う。

「……瑞希といっしょだったってことは……京まで行ってたの？」

「まぁな。墨染桜を見に行こうとしたんだが、事情があって叶わなかった。賓客の様子はどうなっている？　会場は？」

「各国の王と花守が続々といらっしゃってるわよ。用意した殿舎で準備中。会場は無事にしつらえたわ。万事、抜かりはないわよ」

「それならいい。なんとか間に合ってよかった」

珍しくどこか晴れ晴れとした顔の樒を、香散見は面白そうに眺める。

「楽しんできたって感じだな。主上と二人で露店巡りでもしてきたか？」

「それもあるが……まぁ、あとで話す」

「よしよし、期待しようじゃないか」

「あたしたちものんびりしてる暇はないわよ。花守は花守で盛りだくさんの正装が待ってるわ。急いで守麗殿《しゅれいでん》に向かいましょう。今日ばかりは女房も張り切って待機しているから」

普段は着替えは自分の手で行うが、今日のような国家行事の際にはさすがに無理だ。櫨と香散見は苦笑して、守麗殿への道を急いだ。

公務の正装とは別に、国家を挙げての行事——即位式や各国の王と対面する折には、特別な礼装がある。女王の場合はとにかく衣を重ねる。袿に単に打衣《うちぎぬ》を合わせて十何枚も重ねた後、表着《うわぎ》に唐衣を羽織るのだが、これがなんとも豪奢なのだ。桜春の貴色は青。稀なる染料で青藍《せいらん》に染め上げた唐衣には、桜春を守護する霊獣とされる聳孤《しょうこ》の刺繡がほどこされている。希少な玉を惜しげもなくあしらい、夜露のようにきらめていた。黒い髪は高く結い上げ、真珠の簪を幾本も挿す。紅で眉間に桜の文様を描き、瑠璃の耳飾りで彩った。頭には鳳凰を象《かたど》った凰冠を載せる。あまりに重く一人で歩くことも困難で、必ず誰かの手が必要になるのだ。正直、白妙は礼装はあまり好きではなかったが、今日ばかりはそうも言っていられない。女房の手を借りて、なんとか春陽殿へ辿り着く。

その頃には花守たちはすっかり支度を調え、春陽殿で控えていた。こちらも三人揃って、桜春を守護する霊獣——青龍の刺繡を施した袍の束帯。腰には太刀と、花袋を提げている。花守たちは白妙を見るなり、満足そうに頷いた。

「大丈夫、立派よ。どこへ出しても恥ずかしくないわ」

「…………！」

「泣くなよ筆頭。即位式の時も見ただろ？　ほら、今回も新しい姿絵出るよ、きっと」

「予約しなければ……！」

袖で涙を拭い、櫁は目を細めて白妙を見下ろした。

「さぁ行こう。だがな、桜春の弱味を見せてはいけないぞ。愚痴や不平など以《もっ》ての外《ほか》だ。無難な話題で歓談するんだ。あくまで和やかに平和的にだぞ」

「和やかにと言われても……なにを話せばよいのだ？」

「困った時は天気の話よ。あとは桜！　とにかく桜の美しさを嫌味なく自慢するのよ」

「んん～。なんぞ逆に難しいぞ。困ったのぉ……」

そうしている間にも、五国会議開始を告げる笏拍子《しゃくびょうし》の音色が鳴り響く。否応なしに正殿へと向かうと、五つの高御座《たかみくら》が向かい合って据えられていた。四方は御簾を下ろされ、中の様子は窺えない。すでに他の四国の王は着座しているらしい。背後にはそれぞれの花守が控えていた。見知った暁月の顔を見つけ、白妙は僅かに破顔する。

そうして自らも高御座へと座し、桜春の花守もその後ろに腰を下ろす。御簾に阻まれ、他国の王の姿は見えない。不満に思いながらも、主催国である白妙が口を開く。

「この度は急なお呼び立てにもかかわらず、よくお越し下さった。桜春国春王、白妙と申す。今宵は我が国自慢の桜を存分に堪能していただきたい」

次いで右隣――仙冬国の御簾が僅かに揺れ、艶のある女性の声が響いた。

「仙冬国冬王、佇雪《まつゆき》だ。春王の即位、言祝ぎ申し上げる。一度は桜春の桜を愛でたいと思っておったのじゃ。此度のご招待、ありがたく存ずる」

そしてその隣、侊欖国。

「侊欖国欖王《らんおう》、紅鏡と申します。春王とは縁あってとても良くしていただきました。此度のご招待、光栄に存じ上げます」

史上初の侊欖国の正式な言葉とあって、殿はにわかにどよめいた。御簾の向こうで一礼をする姿も透けて見え、さらにどよめきが増す。次いで蓉秋国の御簾で影が揺れる。これは涼やかな青年の声だった。

「蓉秋国秋王、唐薄と申します。此度の春王の即位、大変喜ばしいことです。先王の件は誠に残念でなりません。ご心痛、お察しいたします」

「!?」

白妙が目を見開いて背後を――榴を振り返る。明らかに聞き覚えのある声に、榴は腰を浮かせる。更には蓮夏国の御簾からも大様な声が響いたのだ。

「蓮夏国夏王、采杯蘭だ。此度の四国……いや五国会議は俺が言い出したんだが、あまりに急すぎたな。桜春には迷惑をかけてしまった。この場を借りてお詫《わ》びいたそう」

「唐薄に采杯蘭だと!?」

堪らず御簾をはね除けて、白妙が高御座を飛び出した。これには官吏も花守も——藤艶と香散見も即座に阻止しようと立ちあがる。

「主上！　さすがに失礼よ！」

「高御座に戻れ。公式の場だぞ」

声を潜めて促すも、白妙は姿をさらして立ち尽くす。慌てて下がらせようとする二人を、櫁が「待て」と鋭く言い放つ。

「なに言ってんの！　こんな大事な場で恥さらしてどうするのよ！」

喧々と桜春の花守が言い合う様が見えたのだろう、采杯蘭さえも御簾をなぎ払ってその姿を現したのだ。紛《まぎ》れもなく、先刻に意気投合した大男。櫁を見て、采杯蘭は大きな声で名を呼んだ。

「櫁殿か!?　おまえ、花守だったのか!?」

「主上のご無礼、お許しいただきたい。まさか夏王とは存じ上げず、先刻のご無礼の数々もここでお詫び申し上げる」

「いいって、気にすんな。いっしょに修羅場をくぐり抜けた同志じゃねぇか」

白妙の隣で叩頭する樒を見て、今度は蓉秋の御簾が取り払われた。

「こんなところでお目にかかれるとは、不思議な縁もあったものですね。ですが……春王は我々をご存じでいらっしゃる？　おかしいですね、今日が初対面のはずですが」

言って唐薄はまじまじと白妙の顔を直視して、やがて得心がいったらしい。

「あぁもしかして……瑞希殿？　そういえばどこか面影があるような……」

「なに!?　あの坊主か!?　いや女王だったのか。全くわからなかったぜ……あぁいや、これも失礼だな」

大声で笑う采杯蘭に、白妙が飛びつく。

「ここで会えるとは思ってなかったぞ！　夏王と秋王でいらしたのには驚いたが……よう桜春にいらしてくれた！」

途端に和やかな空気に包まれる場に、次は紅鏡が高御座から飛び出した。

「なんなの？　お知り合いなの？　白妙、あたくしを除け者《もの》にしないでちょうだい」

そして仙冬の御簾からは、鈴を転がすような笑い声が聞こえた。

「なんぞ、すでに顔見知りだったとは驚きじゃ。これ、御簾を全て上げよ。今宵の席には必要ない」

各国の王が自由に振る舞う様を見て、それぞれの国の花守は苦笑するしかなかった。

どこの花守も、同じ苦労をするらしい。速やかに御簾が全て取り払われる。急遽、円座が用意されて各国の王は遠慮なく腰を下ろすと、間もなく酒や料理が運ばれてきた。

竹雪は采杯蘭を見て笑う。

「どういった経緯で知り合ったのか、是非にお尋ねしたいものじゃ」

「おうよ。これがまた面白いものでな。どれ、酒を飲みながらゆっくりと話そうじゃないか」

「それはよいの。これ、酒をどんどん持ってこい。噂の大酒豪とやらは夏王のことじゃろう。せっかくだ、酔い潰してくれようぞ」

「いいですね。あぁ、春王は酒を召し上がれない？　ではなにがお好みですか？　お取りしますよ。欖王はいかがですか。甘い物はお好きでいらっしゃる？」

唐薄は細やかに女王二人に気を遣ってくれる。一時はどうなるかと思ったが、榴の言っていた事情とやらはこのことなのだろう。藤艶も香散見も、ようやく胸をなで下ろした。

「まったく……京でなにをしてきたかと思えば……寿命が縮んだわよ、あたしは」

「悪い冗談かと思ったが、いいってことにしておくか」

主上を見守る榴に、そっと采杯蘭が膝を寄せた。

「花守なら例の帳簿の件、問題ないな。花守の報告なら弾正台も無視できまいよ」

「その件ですが、恥ずかしながら桜春の造酒司《みきのつかさ》は官吏も職人も不足しておりまして……昼間の酒蔵の二人を、雇用したいと考えております」

「それはいい！　桜春に来ればまたあの酒が飲めるってことだな？　おまえさん、花守筆頭だろう？　桜春はいい花守に恵まれたな」

「恐縮です」

次いで櫁は、「差し出がましいとは存じますが」と笑んで五国の王に頭を下げた。

「もし明日、お時間がおありでしたら、是非に高香京の墨染桜をご案内させていただきたく。その際、庶民の装束など用意させていただきますが、それでよろしければなにとぞ」

櫁の申し出に、否と答える王などいなかった。

やがて日が落ちて宵闇が招かれても、酒宴は終わる気配を見せない。白妙の笑顔はとびきり輝いていた。今宵も自室で手燭を並べなければならない。いつも愛でる姿絵は……必要ないだろう。目の前の笑顔を思い浮かべれば、それでいいのだから。

——本書のプロフィール——
本書は書き下ろしです。

小学館文庫

桜《さくら》の花守《はなもり》

桜春国《おうしゅんこく》の鬼官吏《おにかんり》は主上《しゅじょう》を愛《め》でたい

著者 片瀬由良《かたせゆら》

二〇二一年二月十日 初版第一刷発行

発行人 飯田昌宏

発行所 株式会社 小学館

〒一〇一-八〇〇一
東京都千代田区一ツ橋二-三-一
電話 編集〇三-三二三〇-五六一六
販売〇三-五二八一-三五五五

印刷所 ――― 図書印刷株式会社

ISBN978-4-09-406875-7